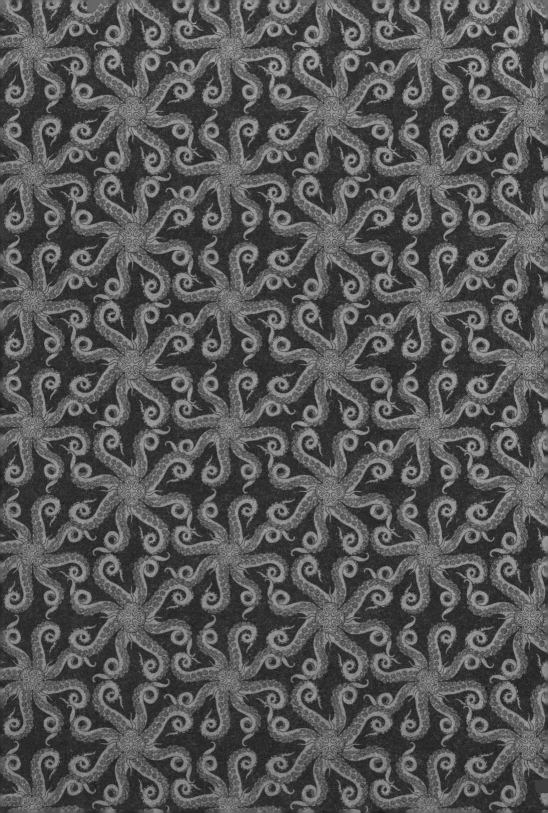

LA LLAMADA DE CTHULHU

EL SER EN EL UMBRAL

ALMA CLÁSICOS ILUSTRADOS

LA LLAMADA DE
CTHULHU

EL SER EN EL UMBRAL

H. P. Lovecraft

Ilustraciones de
John Coulthart

Edición revisada y actualizada

Título original: *The Call of Cthulhu / The Thing on the Doorstep*

© de esta edición:
Editorial Alma
Anders Producciones S.L., 2017
www.editorialalma.com

 @almaeditorial

© Traducción: José A. Álvaro Garrido
Traducción cedida por Editorial EDAF, S. L. U.

Ilustraciones: John Coulthart

Diseño de la colección: lookatcia.com
Diseño de cubierta: lookatcia.com
Maquetación y revisión: LocTeam, S.L.

ISBN: 978-84-15618-68-3
Depósito legal: B21777-2017

Impreso en España
Printed in Spain

Este libro contiene papel de color natural de alta calidad que no amarillea (deterioro por oxidación) con el paso del tiempo y proviene de bosques gestionados de manera sostenible.

Índice

LA LLAMADA DE
CTHULHU

(Descubierto entre los documentos
del finado Francis Wayland
Thurston, de Boston.)

I
El horror en arcilla

Es de suponer que tales potencias o entidades hayan sobrevivido [...] sobrevivido a un periodo inmensamente remoto
cuando [...] cuando la conciencia se manifestó en seres y
formas que hace mucho que se retiraron ante la marea de
la humanidad que avanza [...] formas de las que tan sólo la
poesía y la mítica han podido captar un evanescente recuerdo, llamándolas dioses, monstruos, seres míticos de todas
clases y formas...

ALGERNON BLACKWOOD

Lo más misericordioso del mundo, creo, es la incapacidad de la mente humana para relacionar todo cuanto éste contiene. Vivimos en una plácida isla de ignorancia, entre las brumas de negros mares de infinito y, sin embargo, apenas somos capaces de ir muy lejos. Las ciencias, cada una de las cuales se mueve en su propia dirección, nos han afectado de momento muy poco, pero algún día, al juntar las piezas de conocimiento disociado, se abrirán vistas tan terroríficas de la realidad, así como de nuestra espantosa posición en ella, que enloqueceremos ante esta revelación o huiremos de su mortífera claridad hacia la paz y la seguridad de una nueva edad media.

Los teósofos han palpado la aterradora grandeza del ciclo cósmico en el que nuestro mundo y la raza humana apenas son unos meros inciden-tes. Han insinuado la existencia de extrañas pervivencias en términos que helarían la sangre de no estar enmascarados por un suave optimismo. Pero no es de ahí de donde vienen esos pocos atisbos de prohibidos eo-nes, que me hacen estremecer cada vez que pienso en ellos y me hacen enloquecer cuando aparecen en mis sueños. Estos atisbos, como todas las temidas ojeadas a la verdad, centellearon de la unión accidental entre hechos separados; en este caso, de un viejo recorte de periódico y las notas de un profesor muerto. Espero que nadie vuelva a casarlos; desde luego, si sobrevivo, nunca añadiré de manera voluntaria un eslabón a tan odiosa cadena. Creo que el profesor también quiso guardar silencio en la parte que le tocaba, y que habría destruido sus notas de no haberlo alcanzado la muerte de una manera tan repentina.

Entré en conocimiento del asunto en el invierno de 1926-1927, a la muerte de mi tío abuelo George Gammell Angell, profesor emérito de lenguas semíticas de la Universidad de Brown, en Providence (Rhode Island). El profesor Angell era reconocido por doquier como una autoridad en antiguas inscripciones y, con frecuencia, recibía las consultas de directores de importantes museos, así que muchos recordarán su fallecimiento a la edad de noventa y dos años. Localmente, el interés se vio aumentado por lo incierto de la causa de su muerte. Al profesor lo golpearon mientras volvía del barco de Newport, y cayó de súbito, según testigos, tras recibir el empellón de un negro con aspecto de marino que había salido de uno de los extraños y oscuros patios en la empinada ladera de la colina que va desde los muelles hasta la casa del muerto, en William Street. Los médicos fueron incapaces de encontrar daños visibles, así que concluyeron, tras debatir perplejos, que la causa debía de residir en alguna oscura lesión cardiaca, agravada por el enérgico ascenso de tan escarpada colina para un hombre tan anciano. Ésa era la responsable de su fin. Entonces, no vi motivo para disentir de tal dictamen, aunque ahora, tiempo después, me veo inclinado a dudar... y más que dudar.

Como heredero y albacea de mi tío abuelo, ya que había muerto viudo y sin hijos, se esperaba que revisase sus papeles de la manera más exhaustiva posible. Con tal motivo, trasladé todos sus archivos y sus cajas a mi residencia de Boston. La mayor parte del material que ordené lo publicará, con el tiempo, la Sociedad Arqueológica Americana, pero había una caja que encontré de lo más desconcertante, y me sentí reacio a mostrársela a los demás. Estaba cerrada con candado y no encontré la llave hasta que se me ocurrió examinar el llavero personal que el profesor llevaba siempre en los bolsillos. Entonces conseguí abrirla, pero fue sólo para enfrentarme a un cerrojo más fuerte y mejor cerrado. Ya que ¿cuál podía ser el significado del extraño bajorrelieve de arcilla y las deslavazadas notas, apuntes y recortes que encontré? ¿Había caído mi tío, en sus últimos años, presa de las más notorias imposturas? Decidí buscar al excéntrico escultor responsable de esta aparente perturbación de la paz espiritual de un anciano.

El bajorrelieve era un tosco rectángulo de menos de tres centímetros de grosor, y una superficie de unos doce por quince. Su origen era obviamente moderno. Sus dibujos, no obstante, distaban de serlo, ya que, aunque los caprichos del cubismo y el futurismo son muchos y extraños, no suelen reproducir la críptica regularidad que acecha en las inscripciones prehistóricas. E inscripciones de alguna clase parecían, sin duda, la mayor parte de tales dibujos; aunque mi memoria, a pesar de estar sumamente familiarizado con los documentos y colecciones de mi tío, no pudo identificar su especie en particular o siquiera intuir su más remota filiación.

Sobre esos supuestos jeroglíficos había una figura de intención evidentemente pictórica, aunque su factura impresionista impedía hacerse una idea muy clara de su naturaleza. Parecía ser una especie de monstruo o un símbolo que representaba a un monstruo, pero de una manera que sólo una mente enfermiza podría concebir. Si digo que a mi imaginación, algo extravagante, le parecieron a la vez las imágenes de un pulpo, un dragón y una caricatura de un ser humano, no sería infiel al espíritu de esa representación. Una cabeza pulposa y tentaculada coronaba un cuerpo grotesco y escamoso, dotado de alas rudimentarias; pero era la *impresión general* del conjunto lo que lo hacía más estremecedor y espantoso. Tras la figura había una vaga sugerencia de un fondo de arquitectura ciclópea.

El escrito que acompañaba a tal rareza era, junto a un montón de recortes de periódicos, un relato reciente del profesor Angell, y carecía de cualquier pretensión literaria. Lo que parecía ser el principal documento tenía un encabezamiento que rezaba «EL CULTO DE CTHULHU», en caracteres de concienzuda caligrafía para prevenir errores de lectura en una palabra de sonido tan extraño. Este manuscrito estaba dividido en dos secciones, la primera de

las cuales decía: «1925: sueño y trabajo onírico de H. A. Wilcox. Thomas St. 7, Providence, Rhode Island», y la segunda: «Declaración del inspector John R. Legrasse, Bienville St. 121, Nueva Orleans, Luisiana, en la Convención de la Asociación Arqueológica Americana en 1908, notas del mismo e informe del profesor Webb». Los demás papeles manuscritos eran notas breves, algunos de ellos informes sobre extraños sueños de diferentes personas, otros citas de libros y revistas teosóficas (sobre todo, de *Historia de los atlantes* y *La perdida Lemuria,* de W. Scott-Elliot) y el resto comentarios sobre sociedades secretas muy antiguas y cultos ocultos, con referencias a libros sobre antropología y mitología, tales como *La rama dorada,* de Frazer, y *El culto de la brujería en la Europa Occidental,* de Murray. Los recortes se referían, sobre todo, a casos de locuras e histerias o manías colectivas producidas en la primavera de 1925.

La primera parte del manuscrito principal hacía referencia a una historia de lo más peculiar. Tuvo lugar el 1 de marzo de 1925, cuando un joven delgado y moreno, de aspecto neurótico y exaltado, abordó al profesor Angell con el singular bajorrelieve de arcilla, aún húmedo y fresco. Su tarjeta rezaba Henry Anthony Wilcox, y mi tío lo reconoció como uno de los retoños más jóvenes de una excelente familia, superficialmente conocida suya, que en fechas recientes había estado estudiando escultura en la Escuela de Bellas Artes de Rhode Island, y había vivido por su cuenta en el edificio Fleur-de-Lys, cercano a la institución. Wilcox era un joven precoz de genio reconocido, aunque de gran excentricidad, y había llamado la atención, ya desde su infancia, gracias a las extrañas historias y sueños extravagantes que solía contar. Se cataloga a sí mismo como «hipersensible psíquico», pero la gente seria de la vieja ciudad comercial lo tenía simplemente por «raro». Al no congeniar con los de su clase, había ido desapareciendo de su círculo social, y en aquel momento apenas lo conocía un reducido grupo de estetas de otras ciudades. Incluso en el Círculo Artístico de Providence, tan ansiosos de proseguir con su conservadurismo, lo consideraban un caso perdido.

Con ocasión de la visita, decía el manuscrito del profesor, el escultor le había pedido abruptamente ayuda, dados los conocimientos arqueológicos de su anfitrión, para identificar los jeroglíficos del bajorrelieve. Hablaba con unos ademanes soñadores y alterados que sugerían una pose y que descartaban cualquier indicio de simpatía. La respuesta de mi tío fue bastante seca, ya que la obvia frescura de la tabla implicaba una relación con casi cualquier cosa antes que con la arqueología. La respuesta del joven Wilcox, que impresionó a mi tío lo bastante como para recordarla y consignarla al pie de la letra, fue de una factura fantásticamente poética que debió de ser habitual en su conversación y que a mí me parece muy típica de él. Fue:

—Es nueva, cierto, puesto que tuve la noche pasada un sueño sobre extrañas ciudades, y los sueños son más viejos que la meditabunda Tiro, que la contemplativa Esfinge o que la ajardinada Babilonia.

Fue entonces cuando comenzó a contar la inconexa historia que despertó de repente un recuerdo dormido de mi tío, y se ganó su enfebrecido interés. Se había producido un ligero temblor de tierra la noche anterior, el más intenso en Nueva Inglaterra en algunos años, y la imaginación de Wilcox se vio tremendamente afectada. Después de acostarse, tuvo un sueño sin precedentes, de grandes ciudades ciclópeas, con sillares titánicos y monolitos que rozaban los cielos, todos ellos goteantes de verdes exudaciones, siniestros con latente horror. Jeroglíficos cubrían los muros y columnas y, de algún punto indeterminado, había surgido una voz que no era una voz, sino una caótica sensación que sólo la imaginación podía convertir en sonido, y de la que él había creído escuchar la casi impronunciable profusión de letras: «*Cthulhu fhtagn*».

Ese galimatías fue la clave para el recuerdo que excitó y perturbó al profesor Angell. Interrogó al escultor con minucia científica y estudió con intensidad casi frenética el bajorrelieve sobre el que el joven se había descubierto a sí mismo trabajando, helado y vestido con ropas de dormir, cuando despertó atónito. Según dijo Wilcox más tarde, mi tío achacó a su avanzada edad su lentitud para reconocer los jeroglíficos y los diseños pictóricos. Muchas de sus preguntas le parecieron fuera de lugar al visitante, sobre todo las que trataban de conectar a este último con extraños cultos y sociedades, y Wilcox no pudo entender las repetidas promesas de silencio que le brindó a cambio de que lo admitieran como miembro de algún grupo místico y pagano de ámbito mundial. Cuando el profesor Angell se convenció de que, en efecto, el escultor no sabía nada de cultos ni tradiciones místicas lo asedió con peticiones de futuros informes sobre sus sueños. Esto dio fruto con regularidad, ya que, tras la primera entrevista, el manuscrito consigna llamadas diarias del joven, que relataba inquietantes fragmentos de imaginería nocturna que implicaban una y otra vez terribles visiones ciclópeas de oscuras y rezumantes piedras, con una voz o inteligencia subterránea que prorrumpía monótonamente en expresiones enigmáticas o indescriptibles para los sentidos excepto en forma de galimatías. Los dos sonidos que se repetían con mayor frecuencia eran aquellos consignados con las palabras «*Cthulhu*» y «*R'lyeh*».

El 23 de marzo, según el manuscrito, Wilcox no apareció; al indagar en su apartamento, se descubrió que lo había afectado alguna clase desconocida de fiebre, y lo habían enviado a casa de su familia, en Waterman Street. Había empezado a gritar durante la noche, despertando a otros artistas del edificio, y, a partir de entonces, había alternado momentos de inconsciencia y delirio. Mi tío telefoneó en el acto a la familia y, desde ese instante, mantuvo estrecho contacto con el caso y llamó a menudo a la consulta del doctor Tobey, en Thayer Street, ya que supo que él se había hecho cargo del caso. En apariencia, la enfebrecida mente del joven estaba sumida en asuntos extraños, y el doctor solía estremecerse cuando se mencionaban. Incluía no sólo una repetición de lo previamente soñado, sino también alusiones extrañas a un gigantesco ser de «kilómetros de altura» que caminaba o avanzaba pesadamente. No fue capaz nunca de describirlo bien, pero ocasionales palabras frenéticas, según repetía el doctor Tobey, convencieron al profesor de que debía ser idéntico a la indescriptible monstruosidad que había tratado de representar en su escultura, fruto del sueño. Cualquier referencia a este objeto, añadía el doctor, era invariablemente un preludio de la caída del joven en letargo. Su temperatura, de forma bastante extraña, no era mucho más alta de lo normal, pero todo lo demás, por otra parte, sugería más una fiebre real que un trastorno mental.

El 2 de abril, a eso de las tres de la tarde, todo rastro de la dolencia de Wilcox desapareció bruscamente. Se sentó en la cama, asombrado de encontrarse en casa y sin saber nada de lo que le había sucedido en sueños o en realidad desde el 22 de marzo. Declarado sano por su médico, volvió a sus aposentos a los tres días, pero ya no fue de ninguna ayuda para el profesor Angell. Todo rastro de sueños extraños había desaparecido de su memoria, y mi tío no consignó más sueños nocturnos, después de una semana de fútiles e irrelevantes registros de visiones plenamente normales.

Ahí acababa la primera parte del manuscrito, pero algunas alusiones en las dispersas notas me dieron mucho que pensar, tanto que sólo el arraigado escepticismo que entonces era parte de mi filosofía permite entender mi continua desconfianza acerca del artista. Las notas eran aquéllas que describían los sueños de varias personas, y cubrían el mismo periodo en el que el joven Wilcox había tenido sus extrañas visiones. Mi tío, al parecer, no había tardado en desarrollar un programa prodigiosamente amplio de investigaciones entre aquéllos de sus allegados a quienes podía interrogar sin incomodarlos, buscando informes nocturnos sobre sus sueños, así como datos sobre visiones notables del pasado. Su petición fue recibida de forma muy diversa, pero, al final, debió de recibir más respuestas de las que cualquier hombre corriente podría haber manejado sin ayuda de un secretario. No guardó su correspondencia original, pero sus notas resultan un resumen completo y verdaderamente significativo. Gente de sociedad y negocios —la tradicional «flor y nata» de Nueva Inglaterra— dio un resultado casi completamente negativo, aunque aparecen aquí y allá casos dispersos de impresiones nocturnas intranquilas, aunque sin forma, siempre entre el 23 de marzo y el 2 de abril, el periodo de delirio del joven Wilcox. Los hombres de formación científica se vieron menos afectados, aunque cuatro casos en los que las descripciones son vagas sugieren atisbos fugaces de paisajes extraños y, en un caso, se menciona el temor a algo anormal.

Las respuestas más precisas proceden de artistas y poetas, y supongo que se habría desatado el pánico entre ellos de haber podido cotejar experiencias. Tal como fue, a falta de las cartas originales, sospeché a medias que el compilador pudiera haber guiado las respuestas o haber editado la correspondencia que, previamente, corroborase lo que esperaba encontrar. Por eso seguí pensando que Wilcox, sabedor de alguna forma de los viejos datos que obraban en poder de mi tío, había engañado al veterano investigador. La respuesta de los estetas narraba una inquietante historia. Del 28 de febrero al 2 de abril, una gran proporción de ellos había soñado cosas de lo más extravagantes, y la intensidad de los sueños había sido inconmensurablemente mayor durante el periodo de delirio del escultor. Alrededor de una cuarta parte de quienes comentaron algo hablaba de escenas y una especie de sonidos no muy diferentes de los descritos por Wilcox, y algunos confesaban un miedo cerval al ser gigantesco e indescriptible que se veía al fondo. Un caso, que las notas describen con énfasis, resulta de lo más triste. El sujeto, un arquitecto muy conocido con conocimientos de teosofía y ocultismo, sufrió un brote de locura muy violento en la fecha del ataque del joven Wilcox, y murió unos meses más tarde, tras incesantes peticiones a gritos para que lo salvaran de algún demonio escapado del infierno. De haberse referido mi tío a tales casos por su nombre, en vez de limitarse a proporcionar un número, podría haber intentado corroborarlos e investigarlos por mi cuenta; pero, tal como estaban las cosas, sólo pude rastrear unos pocos. Todos ellos, no obstante, corroboraban plenamente las notas. A menudo me he preguntado si todos los sujetos del cuestionario del profesor se sentirían tan desconcertados como los pocos que llegué a conocer en persona. Será mejor que nunca consigan una explicación del caso.

Los recortes de prensa, tal como he dicho, se referían a casos de pánico, manía y excentricidad durante el referido periodo. El profesor Angell debió de contratar a un gabinete, ya que el número de extractos es tremendo y las fuentes se hallan dispersas por todo el globo. Había un suicidio nocturno en Londres, donde un solitario durmiente se había lanzado por una ventana tras un grito estremecedor. Había también una carta deslavazada al editor de una revista de Sudamérica, en la que un fanático deducía un futuro calamitoso a partir de las visiones que había tenido. Un informe de California describe cómo un grupo teosófico vestía en masa ropajes blancos en espera de una «gloriosa culminación» que nunca tuvo lugar, mientras que noticias de la India hablaban con circunspección de graves revueltas entre los nativos a fines de marzo. Las orgías vudú se multiplicaban en Haití, y los corresponsales africanos hablaban de ominosos rumores. Los agentes americanos en las Filipinas encontraron en ese tiempo revueltas en algunas tribus, y la policía de Nueva York anduvo de cabeza la noche del 22 al 23 de marzo, por culpa de algunos histéricos orientales. El oeste de Irlanda, además, estaba lleno de salvajes rumores y leyendas, y un pintor fantástico llamado Ardois-Bonnot colgó un blasfemo *Paisaje onírico* en la exposición de primavera de París, en 1926. Los informes sobre problemas en asilos mentales fueron tan numerosos que sólo un milagro pudo impedir que la clase médica notase extraños paralelismos y extrajese falsas conclusiones. Un extraño montón de recortes, en conjunto, y hoy en día apenas puedo comprender el rancio racionalismo con que por aquel tiempo lo desdeñé. Pero, por entonces, yo estaba convencido de que el joven Wilcox conocía los viejos asuntos mencionados por el profesor.

II
El informe del inspector Legrasse

Los antiguos sucesos que habían hecho que el sueño y el bajorrelieve del escultor fueran tan significativos para mi tío conformaban la segunda mitad de su largo manuscrito. En una ocasión anterior, al parecer, el profesor Angell había visto la infernal figura de la indescriptible monstruosidad, coronando los desconocidos jeroglíficos, y había escuchado las ominosas sílabas que sólo pueden transcribirse como «*Cthulhu*», y todo esto en conexión con sucesos tan inquietantes y horribles que no es extraño que acosara al joven Wilcox con preguntas y peticiones.

La primera de tales experiencias había tenido lugar en 1908, diecisiete años antes, cuando la Asociación Arqueológica Americana realizó su convención anual en San Luís. El profesor Angell, como correspondía a su autoridad y logros, había participado en todas las deliberaciones, y fue uno de los primeros en ser abordado por los diversos curiosos, que aprovechaban la convocatoria para buscar respuestas adecuadas a sus preguntas y soluciones expertas a sus problemas.

El más interesante de todos, y al poco tiempo foco de interés de toda la convención, fue un anodino personaje de mediana edad, que había viajado desde Nueva Orleans en busca de cierta información especial, imposible de obtener de fuentes locales. Su nombre era John Raymond Legrasse, y tenía por profesión inspector de policía. Consigo llevaba el motivo de su viaje: una estatuilla grotesca, repulsiva y, aparentemente, muy antigua, cuyo origen no había conseguido establecer. No se debe pensar que el inspector

Legrasse tuviera el más mínimo interés por la arqueología. Antes al contrario, su interés era meramente profesional. La estatuilla, ídolo, fetiche o lo que fuera, había sido capturada algunos meses antes en unos pantanos boscosos, al sur de Nueva Orleans, durante una redada contra una supuesta sesión de vudú, y tan singulares y odiosos resultaban los ritos asociados que la policía no pudo por menos que comprender que había topado con un oscuro culto, por completo desconocido e infinitamente más diabólico que el más negro de los círculos de vudú africano. Nada pudo descubrirse acerca del origen de la estatuilla, aparte de cuentos erráticos e increíbles, arrancados a los miembros presos; de ahí la ansiedad del policía por cualquier conocimiento arqueológico que pudiera ayudarlos a emplazar el espantoso símbolo y a rastrear el culto hasta su fuente.

El inspector Legrasse no estaba preparado para la sensación que provocó su descubrimiento. Un vistazo a aquello había bastado para despertar en los científicos congregados un estado de tensa excitación, y éstos no tardaron en arracimarse a su alrededor para contemplar aquella diminuta figura, cuya completa ajenidad y aspecto de antigüedad genuinamente abismal abrían perspectivas tan grandes, por cuanto eran desconocidas y arcaicas. Ninguna escuela conocida de escultura había alumbrado ese terrible objeto y, a juzgar por su mate y verdosa superficie de desconocida piedra, parecía tener siglos o incluso miles de años de antigüedad.

La figura, que al final fue pasando lentamente de mano en mano para su estudio detenido y cuidadoso, medía entre quince y dieciocho centímetros de alto, y era de exquisita factura artística. Representaba a un monstruo de figura vagamente antropomórfica, con una cabeza pulposa cuyo rostro era una masa de tentáculos, un cuerpo escamoso y de aspecto elástico, prodigiosas garras, tanto en la extremidades superiores como en la inferiores, y unas alas largas y estrechas a la espalda. Este ser, que parecía rebosante de espantosa y antinatural malignidad, era de una hinchada corpulencia, y se asentaba siniestramente sobre un bloque rectangular, o pedestal, cubierto de caracteres indescifrables. Las puntas de las alas tocaban el borde trasero del bloque, el asiento ocupaba el centro, mientras que las largas y curvadas garras de las extremidades posteriores, flexionadas y agazapadas, asían el borde frontal y se extendían un cuarto de la longitud hacia el borde inferior del pedestal. La cabeza de cefalópodo se adelantaba, por lo que las puntas de los tentáculos faciales rozaban el dorso de las inmensas zarpas anteriores, que aferraban las elevadas rodillas del ser agazapado. El aspecto del conjunto era de anormal realismo y provocaba los más sutiles miedos, ya que su origen era por completo desconocido. Resultaba inconfundible su espantosa e incalculable edad. Sin embargo, no parecía relacionada con ningún tipo de arte conocido, perteneciente a la juventud de la civilización o incluso a cualquier otro tiempo. Totalmente distinta y aparte, el mismo material en que estaba esculpida era un misterio, ya que aquella piedra untuosa y verdinegra, con vetas y estriaciones doradas o iridiscentes, no tenía parangón en la geología o la mineralogía. Los caracteres de su base eran igualmente desconcertantes, y nadie de los presentes, pese a que se trataba de una representación de los expertos de medio mundo en estos campos, pudo hacerse la más mínima idea de su más remoto parentesco lingüístico. Como la estatua y el material, los caracteres pertenecían a algo remoto y aparte de la humanidad tal como la conocemos, algo que sugería de forma espantosa viejos e impíos ciclos de vida de los que no forman parte nuestro mundo ni nuestras concepciones.

Y, sin embargo, mientras los presentes sacudían severamente las cabezas, confesando su fracaso ante el problema del inspector, había un hombre en esa asamblea que creyó detectar un toque de extravagante familiaridad en las monstruosas figura e inscripciones, y que se decidió, con cierta renuencia, a hablar de un asunto extraño por él conocido. Esa persona era el finado William Channing Webb, profesor de antropología de la Universidad de Princeton y explorador de no poco renombre. El profesor Webb había realizado, cuarenta años antes, un viaje a Groenlandia e Islandia en busca de algunas inscripciones rúnicas que no logró encontrar. Mientras recorría la costa occidental de Groenlandia se había topado con una singular tribu o culto de degenerados esquimales cuya religión, una curiosa forma de adoración del diablo, le impactó por su deliberada sed de sangre y ritos repulsivos. Era una fe de la que el resto de los esquimales sabía bien poco y que sólo mencionaban con un estremecimiento, diciendo que provenía de eones horriblemente antiguos, previos a la creación del mundo. Junto a ritos indescriptibles y sacrificios humanos, había algunos extraños ceremoniales hereditarios, dirigidos a un supremo demonio padre o *tornasuk,* y el profesor Webb había realizado de tales una cuidadosa copia fonética, gracias a un anciano *angekok* o mago sacerdote, expresando los sonidos, hasta donde pudo, en caracteres latinos. Pero lo más reseñable era el fetiche que tal culto veneraba y en torno al cual danzaban cuando la aurora boreal brillaba sobre los riscos de hielo. Era, según el profesor, un bajorrelieve de piedra muy tosco, que incluía una espantosa imagen y algunos signos crípticos. Y, hasta donde podía asegurarse, gozaba de un rústico paralelo, en esencia, con el bestial ser que contemplaban entonces los reunidos.

Tal dato, recibido con asombro y expectación por los miembros congregados, resultó doblemente emocionante para el inspector Legrasse, y comenzó a asediar a este informador con preguntas. Dado que había oído y copiado un ritual oral de los adoradores del culto del pantano detenidos por sus hombres, instó al profesor a recordar cuanto pudiera de las sílabas escuchadas entre los esquimales satanistas. Luego tuvo lugar una exhaustiva comparación de detalles, a lo que siguió un momento de silencio lleno de espanto cuando ambos, detective y científico, convinieron en la virtual identidad de la frase común a los dos rituales infernales, separados por tantos mundos de distancia. Lo que, en esencia, el mago esquimal y los sacerdotes del pantano de Luisiana le cantaban a su venerado ídolo era algo muy parecido a lo que sigue, estando las divisiones entre palabras inducidas por las pausas tradicionales en la frase, tal y como se canta en voz alta:

«*Ph'nglui mglw'nafh Cthulhu R'lyeh wgah'nagl fhtagn*».

Legrasse tenía alguna ventaja sobre el profesor Webb, ya que algunos de los prisioneros mestizos le habían repetido lo que celebrantes más viejos les habían dicho que significaban aquellas palabras. El texto, como sigue, reza más o menos así:

«En su morada de R'lyeh, el muerto Cthulhu aguarda soñando».

Y entonces, en respuesta a una demanda general y perentoria, el inspector Legrasse relató tan exhaustivamente como le fue posible lo que sucedió con los adoradores del pantano, contando una historia de la que pude ver que mi tío había sacado profundas enseñanzas. Tiene resabios de los más extraños sueños de mitólogos y teósofos, y revela un desconcertante grado de cósmica imaginación, mayor del que cabría esperar que poseyeran mestizos y parias de tal ralea.

El 1 de noviembre de 1907 llegó a la policía de Nueva Orleans una frenética petición de la región del pantano y la laguna situados al sur. Los colonos de allí, más bien primitivos, pero descendientes de buena sangre de la gente de Lafitte, estaban atenazados por un tremendo terror a algo desconocido que los había atacado durante la noche. Se trataba, al parecer, de vudú, pero un vudú de una clase más terrible que la que nunca conocieran, y parte de sus mujeres y chicos había desaparecido desde que un malévolo tamtam comenzara su incesante batir en el interior de los negros bosques acechantes, donde nadie osaba vivir. Había locos gritos y angustiados chillidos, estremecedores cánticos y danzarines fuegos fatuos y, añadía el espantado mensajero, la gente ya no podía soportarlo más.

Así que un contingente de veinte policías, en dos carruajes y un automóvil, partió a última hora de la tarde, con el aterrorizado colono como guía. Al final de la carretera transitable echaron pie a tierra y chapotearon a lo largo de millas, en silencio, a través de terribles bosques de cipreses en los que no entraba la luz del día. Espantosas raíces y malignos colgajos de muérdago les molestaban y, a cada instante, un montón de húmedas piedras o fragmentos de una valla intensificaba con sus sensaciones de morboso poblamiento una depresión que cada árbol deforme y cada fungosa isleta creaban combinándose. Por último llegaron a la vista del poblado de los colonos, un miserable racimo de chozas, y los histéricos habitantes corrieron a apiñarse en torno al grupo de agitadas linternas. El amortiguado retumbar de tambores resultaba ahora débilmente audible a lo lejos, muy adelante, y, a intervalos irregulares, cuando el viento soplaba en su dirección, les llegaba algún chillido escalofriante. Un resplandor rojizo, además, parecía filtrarse a través de la pálida maleza, más allá de las infinitas avenidas de noche boscosa. Aunque remisos a quedarse solos de nuevo, los acobardados colonos se negaron en redondo a avanzar un centímetro más hacia el solar del impío culto, de forma que el inspector Legrasse y sus diecinueve colegas se sumieron sin guía en las negras arcadas de horror, no visitadas antes por ninguno de ellos.

La región que ahora invadía la policía era una de tradicional mala reputación, prácticamente desconocida y no cruzada por hombres blancos. Había leyendas sobre un lago oculto, no visto por ojos mortales, donde moraba un inmenso y deforme ser blanco y poliposo de ojos brillantes, y los colonos murmuraban sobre demonios con alas de murciélago que salían volando de cavernas situadas en el seno de la tierra para adorarlo a medianoche. Decían que había estado antes que D'Iberville, antes que La Salle, antes que los indios e incluso antes que las normales bestias y pájaros del bosque. Era la pesadilla misma, y verlo significaba morir. Pero enviaba sueños a los hombres, de forma que ellos cuidaban de mantenerse alejados. La orgía vudú tenía lugar, de hecho, al mismo borde de esa rehuida zona, aunque su localización resultaba bastante imprecisa, por lo que el simple emplazamiento del culto había aterrorizado a los colonos aún más que los estremecedores sonidos e incidentes.

Sólo la poesía o la locura podrían hacer justicia a los ruidos escuchados por los hombres de Legrasse mientras se abrían paso a través del negro cenagal hacia el resplandor rojo y los amortiguados tam-tams. Hay cualidades vocales particulares de los hombres y cualidades vocales particulares de las bestias, y resulta terrible escuchar una cuando su fuente podría ser la otra. La furia animal y la licencia orgiástica se azuzaban aquí mutuamente para alcanzar demoniacas alturas con aullidos y graznidos de éxtasis que rasgaban y reverberaban a través de aquellos oscurecidos bosques como pestilentes tempestades brotadas de los abismos del infierno. A cada instante, el desorganizado ulular cesaba, dando paso a un profundo coro de voces roncas, que entonaban un monótono cántico con la espantosa frase o ritual:

«Ph'nglui mglw'nafh Cthulhu R'lyeh wgah'nagl fhtagn».

Al final, los hombres llegaron a un punto en que los árboles clareaban, y de repente tuvieron a la vista todo el espectáculo. Cuatro de ellos se tambalearon, uno se desmayó y otros dos lanzaron un frenético grito, afortunadamente enmascarado por la loca cacofonía de la orgía. Legrasse roció el rostro del desvanecido con agua del pantano y todos se quedaron temblando, casi hipnotizados por el horror.

En un claro natural del pantano se alzaba una isla herbosa de quizás un acre de extensión, desnuda de árboles y razonablemente seca. Sobre ella, en aquellos instantes, brincaba y se contorsionaba una indecible horda de anormalidades humanas que nadie excepto un Sime o un Angarola podrían pintar. Desnudos, aquellos engendros híbridos rebuznaban, bramaban y se retorcían en torno a un monstruoso anillo de hogueras, en cuyo centro, desvelado por ocasionales brechas en la cortina de llamas, se alzaba un gran monolito de granito, de unos dos metros de altura, en cuya cima, incongruente en su pequeñez, descansaba la maligna estatuilla con las inscripciones. De un ancho círculo de diez cadalsos, colocados a intervalos regulares, con el monolito flanqueado de llamas como centro, pendían los cuerpos, cabeza abajo y extrañamente mutilados, de los pobres colonos desaparecidos. Dentro de este círculo, el anillo de adoradores saltaba y rugía, siguiendo un movimiento de izquierda a derecha, en una bacanal sin fin, entre el anillo de cuerpos y el anillo de fuego.

Pudo deberse sólo a la imaginación y ser sólo los ecos lo que indujeron a que uno de los hombres, un excitable español, imaginase una respuesta antifonal al rito, procedente de algún lugar oscuro y lejano, situado en el interior de esos bosques de antigua fama y horror. Este hombre, Joseph D. Gálvez, a quien más tarde busqué e interrogué, demostró ser extremadamente imaginativo. Incluso llegó tan lejos como para insinuar la existencia de un débil batir de grandes alas, un atisbo de ojos relucientes y una enorme masa blanca más allá de los árboles más lejanos; supongo que había prestado demasiada atención a las supersticiones locales.

En realidad, la horrorizada inmovilización de los hombres fue relativamente breve. El deber se impuso, y, aunque debía de haber casi un centenar de mestizos celebrantes en la multitud, la policía echó mano de sus armas de

fuego y se lanzó decidida contra aquel nauseabundo desbarajuste. Durante cinco minutos, el consiguiente estruendo y caos estuvo más allá de cualquier posible descripción. Se asestaron golpes salvajes, se dispararon tiros y hubo fugas, pero al final Legrasse pudo contar unos cuarenta y siete sombríos prisioneros a quienes obligaron a vestirse a toda prisa y a alinearse entre dos filas de policías. Cinco de los adoradores habían muerto y dos resultaron heridos de consideración y fueron transportados en improvisadas angarillas por sus compinches presos. La imagen del monolito, desde luego, fue retirada con cuidado y Legrasse se hizo cargo de ella.

Examinados en comisaría, después de un viaje cargado de fatiga y tensión, los prisioneros mostraron, sin excepción, ser gente de sangre mezclada y muy baja, así como trastornados mentales. Muchos eran marineros, y un grupo de negros y mulatos, casi todos de las Indias Occidentales o de la portuguesa Brava, en el archipiélago de Cabo Verde, aportaban una nota de colorido vudú al heterogéneo culto. Pero, al cabo de pocas preguntas, comenzó a manifestarse que allí había algo más profundo y antiguo que un fetichismo negro. Degradadas e ignorantes como eran, aquellas criaturas mantenían con sorprendente consistencia la idea central de su siniestro culto.

Adoraban, según ellos, a los Grandes Antiguos, que habían vivido varias edades antes de que existieran los hombres y que habían llegado a este mundo cuando era joven, procedentes del espacio. Tales Antiguos se habían ido ya, bajo tierra o bajo el mar, pero sus cuerpos yacentes habían enviado sus secretos en sueños a los primeros hombres, y éstos habían creado un culto que nunca moriría. Ése era su culto y, según los prisioneros, siempre había existido y siempre existiría, oculto en lejanos desiertos y oscuros lugares repartidos por todo el mundo, hasta el momento en que el gran sacerdote Cthulhu se alzase de su oscura casa en la poderosa ciudad de R'lyeh, bajo las aguas, y tomase otra vez la Tierra bajo su égida. Algún día llamaría, cuando las estrellas fuesen propicias, y el culto secreto estaría siempre aguardando para liberarlo.

Entretanto, no podían decir más. Había un secreto que ni siquiera la tortura podría arrancarles. La humanidad no era, en absoluto, la única consciente entre los seres de la Tierra, ya que las formas salían de la oscuridad para visitar a sus fieles escogidos. Pero tales no eran los Grandes Antiguos. Ningún hombre había visto nunca a los Antiguos. El ídolo tallado representaba al gran Cthulhu, pero, aunque nadie podía leer ahora las antiguas escrituras, las citas se trasmitían por el mundo de boca en boca. El ritual cantado no era el secreto... que nunca se enunciaba en voz alta, sino en susurros. El canto no decía sino: «En su morada de R'lyeh, el muerto Cthulhu aguarda soñando».

Sólo dos de los prisioneros fueron declarados lo suficientemente cuerdos y los ahorcaron; a los demás los enviaron a diversas instituciones. Todos negaron haber tomado parte en las muertes rituales y afirmaron que los sacrificios eran obra de los Alados Negros que habían llegado a ellos desde su inmemorial lugar de reunión, en el bosque embrujado. Pero no se pudo obtener información coherente acerca de aquellos misteriosos aliados. Lo que la policía pudo averiguar se debió, sobre todo, a un mestizo, tremendamente viejo, llamado Castro, que afirmaba haber navegado hasta puertos extraños y hablado con los jefes inmortales de un culto en las montañas de China.

El viejo Castro recordaba fragmentos de espantosas leyendas que hacían palidecer las especulaciones de los teósofos y presentaban al hombre y al mundo actual como algo de lo más efímero. Hubo eones en los que otros Seres gobernaban la Tierra, y Ellos habían alzado grandes ciudades. Los inmortales chinos le habían dicho que aún estaban por reconocerse recuerdos de Ellos en forma de ciclópeas piedras en algunas islas del Pacífico. Habían muerto incontables eras antes de que el hombre apareciera, pero existían artes capaces de revivirlos cuando las estrellas hubieran completado una revolución en el ciclo de la eternidad. Habían llegado, de hecho, de las estrellas, y llevaban consigo Sus imágenes.

Estos Grandes Antiguos, siguió Castro, no estaban hechos de carne y sangre. Tenían forma, ¿o no probaba tal cosa esa imagen fabricada en las estrellas? Pero tal forma no era material. Cuando las estrellas eran propicias, podían saltar de mundo en mundo a través de los espacios, y, cuando no lo eran, no podían vivir. Pero, aunque no vivieran, no estaban realmente muertos. Yacían en moradas de piedra, en Su gran ciudad de R'lyeh, preservados por los encantamientos del poderoso Cthulhu hasta que llegara su gloriosa resurrección, cuando las estrellas y la Tierra fueran una vez más propicias. Pero, en ese momento, alguna fuerza exterior debía servir para liberar sus cuerpos. Los hechizos que los preservaban intactos, asimismo, les impedían hacer un movimiento inicial, y tan sólo podían yacer despiertos y pensantes en la oscuridad, mientras transcurrían millones de años. Sabían todo lo que sucedía en el universo, ya que se comunicaban mediante la transmisión mental. Aun ahora hablaban en sus tumbas. Cuando, tras infinidades de caos, el primer hombre llegó, los Grandes Antiguos hablaron a los más sensibles de ellos modelando sus sueños, porque sólo así pudo su lenguaje alcanzar la mente carnal de los mamíferos.

Entonces, susurró Castro, aquellos primeros hombres formaron el culto en torno a los pequeños ídolos con que los Grandes Antiguos se representaban a sí mismos; ídolos traídos en brumosas eras desde lejanas estrellas. Ese culto no moriría hasta que las estrellas volvieran a ser propicias y los sacerdotes secretos pudieran sacar al gran Cthulhu para revivir su esencia y retomar su gobierno sobre la Tierra. Sería fácil de reconocer ese tiempo, porque entonces la humanidad se volvería como los Grandes Antiguos; libre y salvaje, más allá del bien y del mal, con leyes y moral abandonadas; y todos los hombres gritarían y matarían y gozarían. Entonces, los liberados Grandes Antiguos les enseñarían nuevas formas de gritar y matar y gozar y alegrarse, y toda la Tierra estallaría en llamas, en un holocausto de éxtasis y de libertad. Pero, mientras tanto, el culto, mediante los ritos apropiados, había de mantener vivo el recuerdo de esas antiguas usanzas y albergar la profecía de su regreso.

En tiempos antiguos, algunos hombres escogidos habían hablado con los sepultados Grandes Antiguos en sueños, pero luego sucedió algo. La gran ciudad de piedra de R'lyeh, con sus monolitos y sepulcros, se había sumergido bajo las olas y las profundas aguas, y, colmadas de un primordial misterio a través del cual ningún pensamiento podía pasar, habían cortado la comunicación espectral. Pero el recuerdo nunca murió, y los sumos sacerdotes decían que la ciudad surgiría de nuevo, cuando las estrellas fueran propicias. Entonces brotarían del suelo los negros espíritus de la tierra, mohosos y sombríos, y repletos de oscuros rumores obtenidos en cavernas, bajo olvidados fondos marinos. Pero, de todo eso, el viejo Castro apenas se atrevía a hablar. Se detuvo precipitadamente, y ningún método de persuasión ni forma de sonsacar pudieron hacerle hablar más sobre eso. Además, curiosamente, declinó hacer comentarios acerca del tamaño de los Grandes Antiguos. En cuanto al culto, dijo que se pensaba que su centro se hallaba en los desiertos sin caminos de Arabia, donde Irem, la Ciudad de las Columnas, sueña oculta e intacta. No tiene relación con los cultos europeos de brujas, y es virtualmente desconocido aparte de para sus miembros. Ningún libro ha hecho nunca insinuaciones acerca de él, aunque los inmortales chinos le dijeron que había una doble intención en el *Necronomicón* del árabe loco Abdul Alhazred, donde el iniciado puede leer si busca, sobre todo en el enigmático dístico:

«Que no está muerto lo que puede yacer eternamente, y con los eones venideros aun la muerte puede morir.»

Legrasse, profundamente impresionado y no poco perplejo, indagó en vano acerca de la filiación histórica del culto. Castro, al parecer, había dicho la verdad cuando comentó que era un completo secreto. Las autoridades de la Universidad de Tulane no pudieron arrojar luz alguna sobre el culto o la imagen, por lo que el detective había acudido a las mayores autoridades del país, y no había encontrado más que la historia groenlandesa del profesor Webb.

El febril interés despertado por la narración de Legrasse entre los allí reunidos, corroborado como estaba por la estatuilla, repercutió en la consiguiente correspondencia entre los asistentes, aunque apenas hay menciones en la publicación oficial de la sociedad. La precaución es la primera de las virtudes en quienes están acostumbrados a encontrarse con charlatanes e impostores. Legrasse dejó la imagen, durante algún tiempo, a cargo del profesor Webb; pero, a la muerte de este último, la recuperó y aún sigue en su poder, tal como vi hace no mucho. Es, en verdad, un objeto terrible y sin duda emparentado con la escultura soñada por el joven Wilcox.

No me sorprende que mi tío se emocionase ante la historia del escultor, pues ¿qué pensamientos pudo provocar el escuchar, sabiendo lo que Legrasse había aprendido del culto, que un joven sensible no sólo había *soñado* con la figura y los exactos jeroglíficos de la imagen descubierta en el pantano y la tablilla del diablo de Groenlandia, sino que también, en su *sueño,* había escuchado al menos tres de las palabras justas de aquella fórmula, idéntica para los satanistas esquimales y los mestizos de Luisiana? Es natural que el profesor Angell comenzase de inmediato una investigación, lo más exhaustiva posible; aunque yo personalmente sospechaba que el joven Wilcox había oído hablar, por alguna fuente indirecta, del culto y se había inventado una serie de sueños para provocar y mantener el misterio a expensas de mi tío. Los sueños tal como se recopilaron y los recortes de prensa reunidos por el profesor eran, desde luego, una gran confirmación; pero el racionalismo de mi mente y la extravagancia de todo aquello me llevaban a aceptar la que creía la más plausible de las explicaciones. Así que, tras estudiar a fondo de nuevo el manuscrito y cotejar las notas teosóficas y antropológicas con el informe de Legrasse sobre el culto, hice un viaje a Providence para visitar al escultor y reprenderlo por engañar de manera tan grosera a un anciano tan erudito y entrado en años.

Wilcox aún vivía solo en el edificio Fleur-de-Lys, en Thomas Street, una espantosa imitación victoriana de la arquitectura bretona del siglo XVII, con adornos de estuco frente a las elegantes casas coloniales de la vieja colina, a la misma sombra del mejor campanario georgiano de América. Lo encontré trabajando en sus habitaciones, y al punto concedí, por los ejemplares desparramados alrededor, que su genio era profundo y auténtico. Algún día, pensé, sería considerado como uno de los grandes decadentes que ya había reflejado en arcilla, y en el futuro lo haría en mármol, esas pesadillas y fantasías que Arthur Machen evoca en prosa y Clark Ashton Smith hace visibles en verso y pinturas.

Moreno, frágil y algo desaliñado, se volvió con languidez ante mi llamada a la puerta y, sin levantarse, me preguntó qué deseaba. Cuando le dije de qué se trataba, mostró cierto interés, ya que mi tío había picado su curiosidad al investigar sus extraños sueños, aunque sin explicarle nunca las razones de su estudio. No le aclaré nada al respecto, en ese punto, pero, mediante algunos subterfugios, me las arreglé para sonsacarle. En poco tiempo me convencí de su completa sinceridad, ya que hablaba de los sueños de una forma que resultaba inconfundible. Ellos y su poso inconsciente habían influido de manera poderosa en su arte, y me mostró una morbosa estatua cuyas formas casi me hicieron estremecer con la potencia de su oscura sugestión. No recordaba haber visto el original de aquel ser, excepto en su propio bajorrelieve soñado, pero los contornos se habían moldeado a sí mismos, de manera inconsciente, bajo sus manos. Era, sin duda, el ser gigante que había invadido su delirio. Pronto me quedó claro que, de verdad, no sabía nada sobre el culto, excepto lo que la incesante palabrería de mi tío hubiera dejado caer, y de nuevo me esforcé por imaginar alguna forma en la que, posiblemente, hubiera recibido aquella estrafalaria impresión.

Hablaba de sus sueños en una forma extrañamente poética, y me hacía imaginar con terrible intensidad la húmeda urbe ciclópea de piedra verde manchada por el légamo (cuya *geometría,* decía de forma extraña, era *completamente errónea*). Escuché con espantada expectación la incesante, a medias mental, llamada subterránea: «*Cthulhu fhtagn*», «*Cthulhu fhtagn*».

Tales palabras habían formado parte de aquel espantoso ritual que hablaba del sueño vigil del muerto Cthulhu en su cripta pétrea de R'lyeh, y me sentí profundamente conmovido a pesar de mis creencias racionales. Estaba seguro de que Wilcox había oído hablar del culto por casualidad y pronto lo había olvidado entre una masa de lecturas y ensoñaciones igualmente extrañas. Más tarde, debido a su tremenda impresionabilidad, había encontrado cauce inconsciente en los sueños, en el bajorrelieve y en la terrible estatua que contemplaba en aquellos momentos, de forma que su engaño a mi tío había sido totalmente inocente. El joven era de esa clase de gente que es a la vez ligeramente afectada y enfermiza, y que nunca ha llegado a gustarme, pero yo estaba tan bien dispuesto como para admitir tanto su genio como su honradez. Me despedí de él de manera amigable y le deseé todo el éxito que su talento auguraba.

El asunto del culto aún me fascinaba y me hacía ilusiones de fama, gracias a la búsqueda de su origen y conexiones. Visité Nueva Orleans, hablé con Legrasse y otros miembros de aquella partida de entonces, vi la espantosa imagen e incluso pregunté a aquéllos de los presos mestizos que aún vivían. El viejo Castro, por desgracia, había muerto hacía varios años. Lo que escuché de primera mano, con pelos y señales, aunque apenas era más que una detallada confirmación de lo que mi tío había escrito, me emocionó de nuevo, ya que estuve entonces seguro de encontrarme sobre la pista de una religión muy real, muy secreta y muy antigua, cuyo descubrimiento podría convertirme en un antropólogo de renombre. Mi postura era aún de absoluto materialismo, *como aún quisiera que lo fuese,* y descarté con perversidad casi inexplicable la coincidencia de las notas de los sueños y los extraños recortes reunidos por el profesor Angell.

Entonces empecé a sospechar, y ahora temo *saber,* que la muerte de mi tío dista de ser natural. Cayó en una estrecha calle empinada que partía de un antiguo muelle abarrotado de mestizos extranjeros, tras sufrir un descuidado empujón de un marinero negro. No he olvidado la sangre mestiza y el oficio náutico de los miembros del culto de Luisiana, y no me sorprendí al conocer métodos secretos y agujas envenenadas tan despiadadas y conocidas de tan antiguo como los crípticos ritos y creencias. Legrasse y sus hombres no han sufrido el menor daño, es cierto, pero, en Noruega, cierto marino que ha visto cosas ha muerto. ¿No habrán llegado a oídos siniestros las investigaciones de mi tío, aún más profundas tras toparse con las informaciones del escultor? Creo que el profesor Angell murió o bien porque sabía demasiado, o bien porque estaba a punto de saber demasiado. Está por ver que yo no tenga un fin semejante, porque también he aprendido mucho.

III
La locura del mar

Si el cielo quisiera concederme una merced, que fuera la de borrar completamente los resultados de un azar que me hizo fijarme en cierta pieza suelta de papel. No era nada con lo que yo pudiera toparme en el curso de mi rutina diaria, ya que se trataba de un viejo número de un periódico australiano, el *Sydney Bulletin* del 18 de abril de 1925. Había pasado incluso inadvertido para el despacho de recortes que, en la época de su publicación, había estado empeñado en coleccionar exhaustivamente material para las investigaciones de mi tío.

Había dejado bastante de lado mis investigaciones sobre lo que el profesor Angell llamaba «culto de Cthulhu» y me encontraba de visita en Patterson, Nueva Jersey, en casa de un docto amigo, conservador de un museo local y mineralogista ilustre. Examinando un día los especímenes en depósito, dispuestos en cajas de manera descuidada, en un cuarto trasero del museo, mi atención se vio captada por una extraña ilustración en uno de los viejos papeles dispuestos bajo las piedras. Era el *Sydney Bulletin* que antes he mencionado, ya que mi amigo tenía múltiples contactos en todos los países concebibles, y la imagen era un grabado de una espantosa piedra, casi idéntica a la encontrada por Legrasse en el pantano.

Quitando ansiosamente la hoja bajo su preciado contenido, estudié con detalle el artículo y me disgustó descubrir cuán escueto era. Lo que sugería, sin embargo, tenía un portentoso significado para mi lánguida búsqueda y, con sumo cuidado, la recorté para mi uso. Rezaba como sigue:

MISTERIOSO PECIO HALLADO EN EL MAR

El *Vigilant* arribó remolcando a un yate neozelandés, armado
y con averías.

Un superviviente y un cadáver hallados a bordo.

Informe sobre un desesperado combate en alta mar.

El marino rescatado se niega a dar detalles sobre su misteriosa
experiencia.

Extraño ídolo encontrado en poder suyo.

Se abrirá una investigación.

El carguero *Vigilant* de la compañía Morrison y procedente de
Valparaíso arribó esta mañana a su muelle de Darling Harbour
remolcando al yate de vapor *Alert* de Dunedin, Nueva Zelanda, da-
ñado e imposibilitado para la navegación, aunque poderosamente
armado, al que avistó el 12 de abril en 34° 21′ latitud sur y 152° 17′
longitud oeste, con un hombre vivo y otro muerto a bordo.

El *Vigilant* zarpó de Valparaíso el 25 de marzo, y el 2 de abril
lo desviaron muy al sur de su ruta un temporal excepcionalmente
fuerte y olas gigantes. El 12 de abril avistaron el pecio y, aunque en
apariencia abandonado, al abordarlo descubrieron que contenía
un superviviente en estado de delirio y un hombre que, evidentemente, llevaba muerto desde hacía más de una semana. El superviviente aferraba un horrible ídolo de piedra de origen desconocido,
de unos treinta centímetros de altura, sobre cuya naturaleza las autoridades de la Universidad de Sídney, la Royal Society y el Museo
de College Street se mostraron perplejos y que el superviviente dijo
haber encontrado en el camarote del yate, en un altar pequeño y
tallado de aspecto vulgar.

Este hombre, tras recobrar el sentido, contó una historia sumamente extraña de piratería y sangrientas matanzas. Se trata de
Gustaf Johansen, un noruego de cierta educación que era segundo
oficial en la goleta de dos palos *Emma,* de Auckland, que zarpó de

El Callao, el 20 de febrero, con una tripulación de once hombres. Según contó, el *Emma* se retrasó y fue arrastrado muy al sur de su curso por la gran tormenta del 1 de marzo y, el 22 de ese mismo mes, en 49° 51′ latitud sur y 128° 34′ longitud oeste, se cruzó con el *Alert*, tripulado por una banda de canacos y mestizos extraños y de aspecto maligno. Tras haberles éstos ordenado de manera perentoria que viraran en redondo, el capitán Collins rehusó, por lo que la extraña tripulación comenzó a disparar salvajemente y sin previo aviso contra la goleta con una batería de cañones de bronce, particularmente pesada, que formaba parte del armamento del yate. Los hombres del *Emma* se defendieron, dijo el superviviente, y, aunque la goleta comenzó a hundirse debido a los impactos bajo la línea de flotación, se las arreglaron para llegar borda con borda con su enemigo y asaltarlo, enfrentándose a la salvaje tripulación del yate en la cubierta de éste, y se vieron obligados a darles muerte a todos, aun siendo algo inferiores en número, debido a su forma de pelear particularmente horrenda y desesperada, aunque bastante torpe.

Tres de los hombres del *Emma,* incluidos el capitán Collins y el primer oficial Green, resultaron muertos, y los ocho restantes, bajo el mando del segundo oficial Johansen, procedieron a tripular el yate capturado, aproando en su dirección originaria, con objeto de comprobar si existía alguna razón para que se les hubiera ordenado virar en redondo. Al día siguiente, al parecer, arribaron y desembarcaron en una pequeña isla, aunque no se sabe que exista ninguna en esa parte del océano, y seis de los hombres, de alguna forma, murieron en tierra, aunque Johansen se muestra extrañamente reticente sobre esta parte de su historia y sólo dice que cayeron en un abismo de piedra. Más tarde, al parecer, su compañero y él reembarcaron en el yate y trataron de gobernarlo, pero los alcanzó la tormenta del 2 de abril. Desde entonces hasta su rescate, el día 12, recuerda poco y no puede dar razón siquiera de cuándo murió Willam Briden, su compañero. No hay motivo aparente para la muerte de Briden, y se debió, probablemente, a excitación o a exposición a los elementos. Telegramas llegados de Dunedin revelan que el *Alert* era de sobra conocido por dedicarse al tráfico en las islas y que tenía mala reputación en el puerto. Pertenecía a un curioso grupo de mestizos cuyas frecuentes reuniones y viajes nocturnos a los bosques provocaban no poca curiosidad, habiéndose hecho a la vela, con gran prisa, justo tras la tormenta y el terremoto del 1 de marzo. Nuestro corresponsal en Auckland tiene del *Emma* y de su tripulación las más excelentes referencias, y describe a Johansen como un hombre bueno y digno de confianza. El Almirantazgo abrirá una encuesta para esclarecer el asunto, comenzando mañana mismo, y se hará todo lo posible para que Johansen hable con más libertad de lo que lo ha hecho hasta ahora.

Eso era todo, aparte de la reproducción de la infernal imagen; pero ¡qué cantidad de ideas desató en mi mente! Aquí había un nuevo tesoro de datos acerca del culto de Cthulhu, así como clara evidencia de que existían extraños intereses tanto en el mar como en la tierra. ¿Qué motivo había incitado a la tripulación mestiza a ordenar virar al *Emma* mientras navegaba en aquellas aguas con su odioso ídolo? ¿Cuál era aquella desconocida isla en la que habían muerto seis de los tripulantes del *Emma,* y por qué se mostraba el oficial tan reacio a hablar? ¿Qué había revelado la investigación del Vicealmirantazgo, y qué se sabía del malévolo culto en Dunedin? Y lo más intrigante de todo: ¿cuán profunda y poco casual era esta relación de fechas que le daba un maligno y ahora innegable significado a la multitud de sucesos tan cuidadosamente recopilados por mi tío?

El 1 de marzo (nuestro 28 de febrero según el huso horario internacional) tuvieron lugar el terremoto y la tormenta. El *Alert* y su siniestra tripulación habían zarpado a toda prisa de Dunedin, como reclamados de manera imperiosa, y, al otro lado de la Tierra, poetas y artistas habían comenzado a soñar con una extraña y húmeda ciudad ciclópea, mientras que un joven escultor había modelado en sueños la imagen del temido Cthulhu. El 23 de marzo, la tripulación del *Emma* había desembarcado en una isla, y seis de sus miembros habían muerto, y, en esa fecha, los sueños de los hombres sensibles alcanzaron un elevado realismo, viéndose agobiados por el miedo a la persecución maligna de un gigantesco monstruo, ¡mientras un arquitecto se volvía loco y un escultor se sumía en el delirio! Y ¿qué sucedió en esa tormenta del 2 de abril, la fecha en que cesaron todos los sueños sobre la malsana ciudad, y Wilcox salió indemne de las ataduras de la extraña fiebre? ¿Qué pasaba con todo eso y con las insinuaciones del viejo Castro sobre los Grandes Antiguos, sumergidos y nacidos en las estrellas, con su reino venidero, su culto adorador y su *iniciación mediante sueños*? ¿Me encontraba al borde de horrores cósmicos mayores de lo que el hombre puede soportar? De ser así, tales horrores debían de ser sólo mentales, ya que, de alguna forma, el 2 de abril se había detenido la monstruosa amenaza, cualquiera que fuese, que había comenzado su asedio al alma de la humanidad.

Esa tarde, tras un día de apresurados telegramas y preparativos, me despedí de mi anfitrión y tomé un tren para San Francisco. En menos de un mes me encontraba en Dunedin, donde, no obstante, descubrí que era poco lo que se sabía sobre aquellos extraños fanáticos, antiguos asiduos de las viejas tabernas marítimas. Los asuntos turbios son demasiado comunes en los muelles como para que éstos tuvieran especial mención, aunque había una turbia historia acerca de un viaje de aquellos mestizos, tierra adentro, durante el que se oyeron y vieron, sobre las lejanas colinas, débiles ecos de tambores y rojas llamas. En Auckland supe que Johansen había regresado con su rubio cabello encanecido y que, tras un superficial y poco satisfactorio interrogatorio en Sídney, había vendido su casa de West Street, y regresado con su mujer a su vieja casa de Oslo. No habló con sus amigos de su tremenda experiencia más de lo que lo hizo con los oficiales del Almirantazgo, y aquéllos sólo pudieron darme su dirección en Oslo.

Después fui a Sídney y hablé infructuosamente con marinos y miembros del tribunal del Vicealmirantazgo. Vi el *Alert,* ahora vendido y en servicio, en el Muelle Circular, en Sidney Cove, pero no conseguí sacar nada en claro de su vieja carga, no entregada. La imagen acuclillada, con su cabeza de jibia, cuerpo de dragón, alas escamosas y pedestal cubierto de jeroglíficos, estaba guardada en el Museo de Hyde Park, y la estudié a fondo, largo tiempo. Encontré su factura exquisita y siniestra, llena del mismo misterio total, antigüedad terrible y ajenidad ultraterrena del material que había percibido en la imagen de Legrasse, más pequeña. Según me dijo el conservador, los geólogos se habían encontrado ante un enigma monstruoso, puesto que juraban que no había piedra así en el mundo. Entonces, con un escalofrío, pensé en lo que el viejo Castro le había contado a Legrasse sobre los Grandes Antiguos: «Ellos habían llegado de las estrellas y habían traído sus imágenes consigo».

Estremecido por el mayor impacto que había recibido en mi vida, decidí visitar al oficial Johansen en Oslo. Navegando hasta Londres, embarqué allí en otro buque hasta la capital noruega y, un día de otoño, pisé tierra en los aseados muelles, a la sombra del Egeberg. La dirección de Johansen, según descubrí, se encontraba en la Ciudad Vieja del rey Harold Haardrada, que mantuvo vivo el nombre de Oslo durante los siglos en que el resto de la ciudad se enmascaró bajo el nombre de Cristianía. Hice el corto trayecto en carruaje y, con el corazón palpitante, llamé a la puerta de un edificio pulcro y antiguo, con la fachada enlucida. Una mujer de rostro triste, vestida de luto, respondió a mi llamada y me sentí anonadado cuando, en un inglés deficiente, me informó de que Gustaf Johansen había muerto.

No había sobrevivido mucho tiempo a su regreso, me dijo su mujer, ya que los sucesos de 1925 en alta mar habían quebrantado su salud. No le había contado más que al resto, pero había dejado un largo manuscrito (sobre «materias de la profesión», según decía) escrito en inglés, evidentemente para salvaguardarlo de los peligros de una lectura casual. Durante un paseo por una callejuela, cerca del embarcadero de Gotemburgo, cayó un atado de periódicos, desde la ventana de un ático, y le golpeó. Dos marineros indios lo ayudaron a incorporarse, pero, antes de que pudiera llegar la ambulancia, había muerto. Los médicos no encontraron nada que pudiera explicar su fin y lo achacaron a problemas del corazón, así como a una constitución debilitada.

Me sentí entonces alcanzado por un oscuro terror que ya nunca me abandonará hasta que yo también descanse en paz, «muerto por accidente» o no. Tras convencer a la viuda de que mi conexión con las «materias de la profesión» era suficiente como para que me confiase el manuscrito, me llevé el documento y comencé a leerlo en el barco de Londres. Era algo simple e inconexo (el esfuerzo de un marinero por hacer un diario *a posteriori*), e intentaba recordar día a día aquel último y espantoso viaje. No puedo intentar transcribirlo literalmente, con todas sus incongruencias y redundancias, pero puedo contar lo esencial, lo bastante para que se comprenda por qué el sonido del agua contra los costados del buque se me hizo tan insoportable que me taponé los oídos con algodón.

Johansen, gracias a Dios, no lo sabía todo, aun cuando vio la ciudad y al Ser, pero no puedo dormir cuando vuelvo a pensar en los horrores que acechan incansables tras la vida, en el tiempo y el espacio, y en esas impías blasfemias de las viejas estrellas que duermen bajo el mar, conocidas y auxiliadas por un culto de pesadilla, dispuesto y ansioso por liberarlas sobre el mundo cuando otro terremoto logre alzar, de nuevo, su monstruosa ciudad de piedra hacia el sol y el aire.

El viaje de Johansen había comenzado tal como dijo en el Vicealmirantazgo. El *Emma* zarpó, en lastre, el 20 de febrero, y sufrió toda la fuerza de la tempestad causada por el maremoto que debió de alzar desde el fondo del mar los horrores que llenaron los sueños de los hombres. Ya bajo gobierno, el barco hizo buena media hasta ser interceptado por el *Alert,* el 22 de marzo, y se puede sentir el disgusto del oficial mientras describe el bombardeo y el hundimiento. Habla con significativo horror acerca de los atezados fanáticos del *Alert*. Había en ellos alguna cualidad particularmente abominable que hizo que su muerte fuera casi un deber, y Johansen muestra un ingenuo asombro ante la acusación de ferocidad lanzada contra su grupo durante la vista ante el tribunal. Luego, azuzados por la curiosidad, a bordo del yate capturado y bajo el mando de Johansen, avistaron una gran columna de piedra que surgía del mar y,

en 47° 9′ latitud sur y 126° 43′ longitud oeste, llegaron a una costa hecha de barro, agua y construcciones ciclópeas, llenas de algas, que no podían ser otra cosa que la tangible sustancia del supremo horror terreno: la pesadillesca ciudad muerta de R'lyeh, construida en antiquísimos eones, antes de la historia, por los inmensos y espantosos seres bajados de las oscuras estrellas. Allí yacen el gran Cthulhu y sus hordas, ocultos en verdes criptas fangosas y enviando al fin, tras ciclos incalculables, los pensamientos que llenan de miedo los sueños de los sensibles y que llaman de manera imperiosa a los devotos a comenzar un peregrinaje de liberación y restauración. Nada de eso sabía Johansen, ¡pero por Dios que pronto lo descubrió!

Supongo que lo que surgió de las aguas, la espantosa ciudadela coronada por el monolito, en la que está enterrado el gran Cthulhu, era una simple cúspide. Cuando pienso en la *extensión* de todo lo que debe de haber debajo, casi deseo darme muerte. Johansen y los suyos se quedaron espantados ante la cósmica majestad de esta rezumante Babilonia de demonios primigenios y debieron haber intuido, sin ayuda externa, que no era nada que procediera ni de éste ni de ningún planeta cuerdo. En cada línea de la espantosa descripción del oficial resulta patente el horror ante el increíble tamaño de los sillares de piedra verdosa, la vertiginosa altura del gran monolito tallado y el escalofriante parecido de las colosales estatuas y bajorrelieves con la extraña imagen encontrada en el altar del *Alert*.

Sin conocer el futurismo, Johansen describe algo muy parecido cuando habla de la ciudad, ya que, en vez de referirse a estructuras definidas o edificios, se detiene sólo en vagas impresiones causadas por vastos ángulos y superficies de piedras, superficies demasiado grandes para pertenecer a seres normales o apropiados a esta Tierra, superficies impías, llenas de horribles imágenes y jeroglíficos. Menciono su referencia a *ángulos* porque sugieren algo a lo que Wilcox había aludido al hablar de sus espantados sueños. Había dicho que la geometría del lugar con el que había soñado era anormal, no euclidiana, e insinuaba de forma espantosa esferas y dimensiones muy alejadas de la nuestra. Y ahora un inculto marinero sentía lo mismo al observar aquella terrible realidad.

Johansen y sus hombres desembarcaron en una empinada orilla fangosa de esta monstruosa acrópolis y treparon resbalando sobre los titánicos bloques rezumantes, que no habían sido hechos para escalera de mortales. El mismo Sol en el cielo parecía distorsionado cuando observaron a través del polarizante miasma que emanaba de esta empapada perversión, y una retorcida amenaza y ansiedad acechaban fijamente tras aquellos ángulos de roca cincelada, locamente esquivos, en los que una segunda mirada mostraba concavidad donde la primera había mostrado convexidad.

Aun antes de ver algo más definido que piedra, limo y algas, algo muy similar al miedo había tocado ya a todos los exploradores. Cada cual hubiera salido corriendo de no haber temido el desprecio de los demás, y fue sólo de mala gana como buscaron (en vano, como luego quedó demostrado) algún recuerdo que llevarse consigo.

Fue Rodríguez el portugués quien trepó hasta el pie del monolito y gritó acerca de lo que había encontrado. El resto lo siguió y miró con curiosidad la inmensa puerta tallada con el, ahora familiar, calamar-dragón en bajorrelieve. Era, según Johansen, como una enorme puerta de granero, y todos sintieron que era eso, una puerta, gracias a los ornamentados dintel, umbral y jambas, aunque no pudieron decidir si era plana como una escotilla o sesgada como la portezuela de un sótano. Como Wilcox hubiera dicho, la geometría del lugar era completamente errónea. Uno no podía estar seguro de que el mar y el suelo estuvieran horizontales, ya que las posiciones relativas de las cosas parecían variar de forma fantasmal.

Briden empujó la piedra por varios sitios, sin resultado. Luego Donovan tanteó delicadamente por el borde, presionando cada punto por separado. Trepó sin fin a lo largo de la grotesca moldura de piedra (es decir, podemos llamarlo trepar si aquello no era completamente horizontal) y los hombres se preguntaron cómo una puerta en el universo podía ser tan grande. Entonces, muy suave y lentamente, el inmenso portón comenzó a girar hacia dentro y vieron que estaba equilibrado. Donovan se deslizó o se impulsó de alguna forma hacia abajo, o a lo largo de la jamba, y se reunió con sus compañeros; cada cual observó el extraño retroceso del portón, monstruosamente esculpido. En aquella fantasía de prismática distorsión, se movió anormalmente de una forma diagonal, por lo que todas las reglas de la materia y la perspectiva parecían trastocadas.

La abertura era negra, de una oscuridad casi material. La lobreguez era, en efecto, una *cualidad real,* ya que oscurecía partes de los muros interiores que debieran haber sido visibles, y hasta manaba como humo de su prisión inmemorial, oscureciendo perceptiblemente al Sol mientras chorreaba hacia el cielo contraído y contrahecho con membranosas alas ondeantes. El olor que brotaba de las recién abiertas profundidades era intolerable y, al rato, los agudos oídos de Hawkins creyeron captar un sonido asqueroso, cada vez más próximo, allí abajo. Todos escucharon, y aún seguían cuando Aquello surgió pesadamente ante los ojos y, anadeando, comprimió su gelatinosa inmensidad verde a través del negro portal para emerger al contaminado aire exterior de esa ponzoñosa ciudad de locura.

La escritura del pobre Johansen se vuelve casi ilegible al llegar a esta parte. De los seis hombres que nunca volvieron al barco, cree que dos murieron de puro miedo en ese instante maldito. El Ser no puede ser descrito; no hay lenguaje para tales abismos de insania gritante e inmemorial, tales espantosas contradicciones de toda materia, fuerza y orden cósmico. Una montaña caminando o trastabillando. ¡Dios mío! ¿Qué tiene de extraño que al otro lado de la Tierra un gran arquitecto se volviera loco y el pobre Wilcox fuera atacado de fiebres en ese instante telepático? El Ser de los ídolos, el verde y viscoso engendro de las estrellas, había despertado para reclamar lo que era suyo. Los astros volvían a ser propicios, y lo que el antiguo culto, aun queriendo, no había podido hacer, lo había conseguido por accidente una banda de inocentes marineros. Tras miles de millones de años, el gran Cthulhu estaba libre de nuevo y rebosante de alegría.

Tres hombres fueron barridos por aquellas fofas garras, antes de que nadie pudiera darse la vuelta. Descansen en paz, si es que hay descanso en el universo. Eran Donovan, Guerrera y Ångstrom. Parker resbaló mientras los tres que quedaban se sumían frenéticamente en intermi-nables visiones de piedra cubierta de algas, huyendo hacia el bote, y Johansen jura que se lo tragó un ángulo de sillería que no tendría que haber estado allí, un ángulo que, pese a ser agudo, se comportaba como si fuera obtuso. Así que sólo Briden y Johansen llegaron al bote y bogaron a la desesperada, rumbo al *Alert,* mientras la montañosa monstruosidad descendía con laxitud a través de las fangosas piedras y titubeaba tamba-leante al borde de las aguas.

Aún quedaba bastante presión, a pesar de que todos habían desem-barcado, y les llevó sólo unos instantes de febril ajetreo arriba y abajo, entre ruedas y maquinaria, el poner en marcha el *Alert.* Lentamente, entre los distorsionados horrores de esa indescriptible escena, comenzó a batir las letales aguas, mientras, al borde de la sillería de esa orilla de osario que no era de esta Tierra, el titánico ser de las estrellas se debatía y balbu-ceaba como Polifemo maldiciendo el fugitivo barco de Odiseo. Entonces, más poderosamente que el citado cíclope, el gran Cthulhu entró oleosa-mente en las aguas y comenzó a perseguirlos con inmensos golpes de cós-mica potencia que alzaban olas. Briden miró atrás y enloqueció, riendo y riendo de manera estridente hasta que le alcanzó la muerte en el camaro-te, mientras Johansen deambulaba delirante.

Pero Johansen no se había rendido. Sabiendo que el Ser, sin duda, alcanzaría al *Alert* antes de que éste hubiera logrado plena presión de vapor, decidió una maniobra desesperada y, dando todo avante, corrió como el rayo por cubierta e hizo girar el timón. Hubo un tremendo arre-molinar y espumear del agua malsana y, mientras la presión de vapor subía y subía, el valeroso noruego enfiló contra la perseguidora gelatina que se alzaba sobre la sucia espuma como la proa de algún galeón de-moniaco. La espantosa cabeza de calamar, con sus serpenteantes tentá-culos, se alzaba sobre el bauprés del sólido yate, pero Johansen la enfiló sin miedo. Hubo un estallido, como el de una vejiga al explotar, una res-baladiza asquerosidad como la que brota de un pez globo atravesado, un hedor como el de un millar de tumbas abiertas y un sonido que el cronista no pudo plasmar por escrito. Por un instante, el buque se vio envuelto en una acre y cegadora nube verde y luego sólo hubo un ponzoñoso hervidero a popa donde (¡Dios santo!) la derramada plasticidad de aquel engendro de las estrellas estaba *reconstruyendo* nebulosamente su odiosa forma original, mientras que la distancia aumentaba a cada segundo, a medida que el *Alert* ganaba impulso gracias a su cada vez mayor presión de vapor.

Eso fue todo. Tras aquello, Johansen estuvo meditando sobre el ídolo que había en el camarote y apenas atendió su alimentación y la del risueño maniaco que lo acompañaba. Tras el primer impulso de huida, no intentó navegar, ya que la reacción había afectado a su espíritu. Luego llegó la tormenta del 2 de abril, y una avalancha de nubes en su mente. Hay una sensación de espectral girar a través de simas líquidas de infinito, de vertiginosos viajes a través de tambaleantes universos en la cola de un cometa, de histéricas zambullidas de la sima a la luna y de la luna de vuelta a la sima, todo acompañado por el carcajeante coro de los locos, los risueños dioses primigenios y los verdes y alados diablillos burlones del Tártaro.

Tras el sueño vino el rescate: el *Vigilant*, el tribunal del Vicealmirantazgo, las calles de Dunedin y el largo viaje de vuelta a la vieja casa en el Egeberg. No pudo contar nada, porque habrían pensado que se había vuelto loco. Escribiría cuanto sabía antes de morir, pero su mujer no debía sospechar nada. La muerte sería una merced si así pudiera borrar sus recuerdos.

Eso es lo que decía el documento que leí y, ahora, lo tengo guardado en la caja de hojalata junto al bajorrelieve y los papeles del profesor Angell. Adjunto estará esto que escribo, esta prueba de mi propia cordura, en la que se ha unido lo que espero que nunca más sea hilado. He entrevisto todo el horror que puede albergar el universo e incluso los cielos primaverales y las flores del verano, en adelante, estarán emponzoñados para mí. Pero no creo que mi vida sea demasiado larga. Terminaré como mi tío, igual que el pobre Johansen. Sé demasiado y el culto aún sigue activo.

Cthulhu también vive, supongo, de vuelta a esa sima de piedra que le acogía desde que el Sol era joven. Su maldita ciudad está de nuevo sumergida, ya que el *Vigilant* navegó sobre el lugar, después de la tormenta de abril, pero sus acólitos en la Tierra aún braman y brincan y matan en torno a monolitos coronados por ídolos, en los lugares solitarios. Debió de haber sido arrastrado hacia el interior de su negro abismo por el hundimiento o, de lo contrario, ahora el mundo estaría gritando de espanto y terror. ¿Quién sabe el final? Lo que ha surgido puede hundirse, pero lo que se ha hundido puede surgir. El espanto aguarda y sueña en la profundidad, y la decadencia se extiende por las tambaleantes ciudades de los hombres. Llegará el día... ¡pero no debo pensar en ello! Dejadme rogar para que, si no sobrevivo a este manuscrito, mis albaceas tengan más precaución que audacia y se cuiden de que ningún otro lo lea.

EL SER EN EL
UMBRAL

I

Es cierto que le metí seis balas en la cabeza a mi mejor amigo; aun así, espero probar, mediante la siguiente declaración, que no soy su asesino. En un principio, me llamarán loco, aún más loco que el hombre a quien maté en su celda en el manicomio de Arkham. Pero, más tarde, algunos de los lectores podrán ponderar cada extremo, y lo cotejarán todo con los hechos conocidos, y se preguntarán cómo podría haber llegado a otra conclusión tras verme cara a cara con la evidencia de aquel horror..., aquel ser en el umbral.

Hasta ese momento, yo tampoco había visto otra cosa que locura en los extraños relatos con los que me había topado. Incluso ahora me pregunto si no me engañaría o si no estaré loco, después de todo. No sé, pero otros hay que pueden también contar cosas extrañas acerca de Edward y Asenath Derby, e incluso la obtusa policía se ve en un brete a la hora de achacarlo todo a una broma macabra o a la venganza de criados despedidos; pero ellos saben en sus adentros que la verdad es algo infinitamente más espantoso e increíble.

Por eso afirmo que no he matado a Edward Derby. Lo he vengado, más bien, y al hacerlo he librado a la Tierra de un horror cuya existencia podría haber desatado indescriptibles horrores contra la humanidad. Hay zonas de negra sombra, cercanas a nuestra vida cotidiana y, aquí y allá, algunas almas malignas logran abrir una vía de comunicación hasta ellas. Cuando eso sucede, el hombre avisado debe obrar sin parar mientes en ello.

Conozco a Edward Pickman Derby desde que tengo recuerdo. Aunque ocho años más joven que yo, era tan precoz que teníamos ya mucho en común cuando él contaba ocho años y yo dieciséis. Era el erudito infantil más asombroso que yo haya conocido y, a los siete, escribía versos de un talante sombrío, fantástico y casi morboso que dejaban atónitos a sus tutores. Quizá su educación privada y una mimada reclusión tuvieron algo que ver con su prematuro florecimiento. Siendo sólo un niño, sufría de una debilidad orgánica que les quitaba el sueño a sus atribulados padres y que los llevaba a mantenerlo siempre a su lado. Jamás le dejaban salir sin su niñera, y apenas tenía oportunidad de jugar sin restricciones con otros chicos. Todo eso, sin duda, despertó una extraña y secreta vida interior en el muchacho, con la imaginación como único camino hacia la libertad.

De cualquier forma, sus estudios juveniles eran prodigiosos y estrafalarios, y su facilidad de escritura tal que bastó para cautivarme a pesar de mi mayor edad. Por esa época, yo me sentía inclinado hacia un arte de tipo grotesco y descubrí en aquel chico más joven una extraña alma gemela. Lo que había detrás de nuestro común amor por las sombras y los prodigios era, sin duda, la antigua, mohosa y en cierta forma temible ciudad en la que vivíamos: la embrujada y legendaria Arkham, cuyos techos picudos y combados, y sus ruinosas balaustradas de tipo georgiano han visto pasar los siglos junto al oscuramente rumoroso Miskatonic.

Con el tiempo, me incliné por la arquitectura y dejé de lado el proyecto de ilustrar un libro de los demoniacos poemas de Edward, aunque no por eso sufrió merma nuestra camaradería. El genio del joven Derby se desarrolló de forma notable y, a los dieciocho años, su recopilación de lírica oscura causó sensación al ver la luz con el título de *Azatoth y otros horrores*. Mantuvo estrecha correspondencia con el notorio poeta baudelariano Justin Geoffrey, que escribió *El pueblo del monolito* y murió gritando en un manicomio, en 1926, después de una visita a una siniestra y malfadada aldea de Hungría.

En lo que toca a la autosuficiencia y a los asuntos prácticos, sin embargo, Derby mostraba una enorme carencia, debido a su vida aislada. Su salud había mejorado, pero sus hábitos de dependencia infantil se veían fomentados por unos padres sobreprotectores, así que nunca había viajado solo, tomado una decisión por sí mismo o asumido responsabilidad alguna. Pronto se hizo patente que no podría lidiar en asuntos tales como los negocios o la vida profesional; pero la fortuna familiar era lo bastante holgada como para que tal cosa no constituyese una tragedia. Al alcanzar la edad adulta, mantuvo un engañoso aspecto infantil. Rubio y de ojos azules, tenía la lozana complexión de un chico y sus intentos de dejarse bigote apenas resultaron visibles. Tenía voz blanda y aguda, y su vida consentida y ociosa le dio más bien el aspecto regordete de un joven que la prematura panza propia de la mediana edad. Era bastante alto y su rostro agradable habría hecho de él un conquistador, de no haberlo empujado su timidez hacia el retiro y los libros.

Los padres de Derby se lo llevaban cada verano al extranjero, y pronto adoptó, superficialmente, expresiones e ideas propias de un europeo. Su talento, tan oscuro como el de Poe, no tardó en empujarlo más y más hacia el decadentismo, y otros anhelos y sentimientos artísticos se despertaron en parte dentro de él. Tuvimos conversaciones memorables por aquellos días. Tras pasar por Harvard, había practicado en el estudio de un arquitecto en Boston, me había casado y, por último, había vuelto a Arkham para practicar mi profesión, instalándome en la casa familiar de Saltonstall, ya que mi padre se había mudado a Florida por razones de salud. Edward solía venir casi cada tarde, por lo que llegué a considerarlo uno más de la familia. Tenía una forma característica de tocar el timbre o golpear la aldaba que se convirtió en una verdadera señal distintiva; así que, tras la cena, yo siempre me quedaba a esperar los familiares tres toques enérgicos, seguidos de otros dos, tras una pausa. Yo lo visitaba menos a menudo y, con envidia, me percataba de los oscuros volúmenes que atesoraba en su siempre creciente biblioteca.

Derby estudió en la Universidad Miskatonic de Arkham, ya que sus padres no querían separarse de él. Entró a los diecisiete años y acabó la carrera en tres años, licenciándose en literaturas inglesa y francesa, y sacando buenas notas en todo, excepto en matemáticas y ciencias. Mantuvo poco trato con el resto de los estudiantes, aunque miraba con envidia a los «audaces» y los «bohemios», cuyo superficial lenguaje «elegante» y su pose absurdamente irónica imitó, y cuya dudosa conducta bien le hubiera gustado atreverse a adoptar.

Eso sí, se convirtió en un devoto casi fanático del oculto saber mágico, por el que la biblioteca Miskatonic era y es famosa. Siempre asentado en la superficie de lo fantástico y lo extraño, se sumergió profundamente en las runas y los enigmas dejados por un fabuloso pasado, para guía y pasmo de la posteridad. Leía obras tales como el espantoso *Libro de Eibon,* el *Unaussprechlichen Kulten* de Von Junzt o el prohibido *Necronomicón* del árabe loco Abdul Alhazred, aunque no les habló a sus padres sobre nada de todo eso. Edward tenía veinte años cuando nació mi único hijo, y pareció contento de que llamase al recién venido al mundo Edward Derby Upton, en su honor.

A los veinticinco años era un hombre prodigiosamente leído, así como un reputado y conocido poeta y fabulador, aunque su falta de contactos y responsabilidades había menguado su desarrollo literario, haciendo su producción poco original y artificiosa. Yo era quizá su más íntimo amigo, y encontraba en él una mina inagotable de asuntos teóricos vitales, en tanto que él descargaba en mí cualquier materia que no se atreviera a mencionar a sus padres. Permaneció soltero (más debido a la timidez, inercia y protección paterna que por sus inclinaciones) y se relacionaba en sociedad sólo de manera ligera y superficial. Cuando estalló la guerra, tanto su salud como su arraigada timidez hicieron que se quedase en casa. A mí me destinaron a Plattsburg, pero no fui a ultramar.

Pasaron los años. La madre de Edward murió cuando él tenía treinta y cuatro y, durante meses, quedó incapacitado por una extraña dolencia de tipo psicosomático. Su padre se lo llevó a Europa, no obstante, y consiguió sobreponerse sin secuelas visibles. De ahí en adelante pareció sentir una especie de júbilo grotesco, como si se hubiera liberado, en parte, de alguna invisible atadura. Comenzó a mezclarse con los más «avanzados» de sus colegas, pese a su mediana edad, y estuvo presente en algunos sucesos sumamente estrafalarios. En cierta ocasión tuvo que pagar un oneroso soborno (cuyo importe le presté) para mantener a su padre en la ignorancia sobre la participación en cierto asunto. Algunos de los rumores sobre la gente más oscura de la Miskatonic eran de lo más singular. Hubo incluso habladurías acerca de magia negra y sucesos completamente increíbles.

II

Edward tenía treinta y ocho años cuando conoció a Asenath Waite. Ella tendría, creo, unos veintiocho años entonces y estaba haciendo un curso especial sobre metafísica medieval en la Universidad de Miskatonic. La hija de un amigo mío la había conocido antes (en la escuela Hall de Kinsport) y solía rehuirla debido a su extraña reputación. Era morena, pequeña y de muy buen ver, excepto por sus ojos saltones; pero algo en su expresión ahuyentaba de inmediato a la gente sensible. Sin embargo, si la gente se apartaba en su presencia era sobre todo por su origen y por su conversación. Era una de las Waite de Innsmouth, y muchas oscuras leyendas habían manchado durante generaciones a esa decadente y medio abandonada Innsmouth y a sus habitantes. Circularon historias sobre horribles tumultos en el año 1850, así como sobre gente «no lo bastante humana» en las antiguas familias del arruinado puerto pesquero... Eran historias como sólo un yanqui de viejo cuño puede concebir y propalar con el apropiado tono de espanto.

El caso de Asenath se veía agravado por el hecho de ser la hija de Ephraim Waite, fruto de su vejez y de una desconocida esposa que siempre se mantenía oculta. Ephraim había vivido en una mansión casi ruinosa de Washington Street, en Innsmouth, y aquellos que habían visto el lugar (la gente de Arkham se mantenía alejada del lugar mientras podía) referían que las ventanas del ático estaban siempre cerradas y que, en ocasiones, unos extraños sonidos salían de su interior al caer la tarde. El viejo tenía reputación de haber sido, en su día, un portentoso estudioso de lo mágico, y las historias decían que era capaz de desatar o aplacar tormentas marinas a su antojo. En su juventud se le había visto una o dos veces, cuando fue a Arkham a consultar prohibidos tomos de la biblioteca universitaria, y se había granjeado la antipatía de todos por su rostro lobuno y saturnino, con su enmarañada barba de color gris acero. Había muerto loco (en circunstancias bastante extrañas) justo antes de que su hija (que se encontraba bajo una tutoría puramente nominal) entrase en la escuela Hall, pero ésta había sido una pupila llena de morbosa avidez y a veces su mirada era tan diabólica como la de su padre.

El amigo cuya hija había ido a la escuela con Asenath Waite repitió muchas historias curiosas cuando comenzaron a difundirse las noticias de su relación con Edward. Al parecer, Asenath había adoptado la pose de una especie de maga en la escuela y había parecido en verdad capaz de obrar prodigios desconcertantes. Afirmaba ser capaz de convocar tormentas, aunque su principal habilidad, según se decía, era una portentosa capacidad de predicción. Ciertos animales la aborrecían abiertamente y era capaz de hacer aullar a cualquier perro con sólo efectuar ciertos movimientos con la mano derecha. Había veces en que ella mostraba un despliegue de conocimientos e idiomas muy singular (y estremecedor) para una joven. En ocasiones espantaba a sus compañeras con miradas y guiños de una clase inexplicable, y parecía encontrar una obscena y jocosa ironía en tal situación.

Lo más insólito, sin embargo, eran los casos, bien atestiguados, de su influencia sobre otras personas. Resultaba incuestionable que era una verdadera hipnotizadora. Sólo con mirar de una forma especial a las compañeras, podía causar en éstas un marcado sentimiento de *cambio de personalidad,* como si el sujeto se viera, por un momento, en el cuerpo de la maga, y fuese a medias capaz de ver, a través de la habitación, a su cuerpo real, cuyos ojos resplandecían y protruían con expresión extraña. Asenath solía hacer extrañas afirmaciones acerca de la naturaleza de la conciencia y de su independencia del soporte físico, o al menos de los procesos vitales de este último. Su mayor frustración, empero, era la de no ser un hombre, ya que creía que un cerebro masculino gozaba de poderes únicos y de alcance cósmico. Si le dieran un cerebro masculino, decía, no sólo igualaría, sino que superaría a su padre en cuanto al dominio de las fuerzas ocultas.

Edward conoció a Asenath en una reunión de la *intelligentsia*, en uno de los cuartos de los estudiantes, y no era capaz de hablar de otra cosa al día siguiente, cuando vino a verme. La había encontrado pletórica de los intereses y la erudición que más le absorbían, y, además, había quedado extrañamente prendado de su apariencia. Yo nunca había visto a la joven y sólo recordaba, débilmente, referencias casuales a ella, pero enseguida supe de quién se trataba. Era bastante desagradable que Derby se mostrase tan trastornado a su respecto, pero no hice nada por desanimarlo, ya que actos así suelen ser contraproducentes. Según me dijo, no se la había mencionado a su padre.

En el plazo de pocas semanas no escuché al joven Derby hablar de otra cosa que no fuera Asenath. Otros daban cuenta ahora de la otoñal galantería de Edward, aunque coincidían en que no parecía aún tener su verdadera edad, y que no desentonaba en absoluto con su extraña amada. Tenía tan sólo un poco de tripa, pese a su indolencia y abandono, y no había arrugas en su rostro. Asenath, por su parte, lucía las prematuras patas de gallo propias del ejercicio de una fuerte voluntad.

Por esa época, Edward me presentó a la chica y enseguida me percaté de que el interés era mutuo. Ella lo miraba continuamente, con aire casi de rapacidad, y noté que su intimidad era intensa. Poco después, recibí la visita del viejo señor Derby, al que siempre había admirado y respetado. Había oído las historias que corrían sobre la nueva amistad de su hijo y había recabado la verdad completa al margen del *chico*. Edward planeaba casarse con Asenath, e incluso había estado buscando casa en las afueras. Conociendo la usual gran influencia que yo ejercía sobre su hijo, el padre se preguntaba si no podría yo ayudarlo a deshacer todo aquel enredo, pero yo le expresé, contrito, mis dudas al respecto. Esta vez no se trataba de la habitual voluntad débil de Edward, sino del fuerte carácter de la mujer. El eterno infante había trasferido su dependencia de la imagen paternal a una figura nueva y más fuerte, y nada podía hacerse al respecto.

La boda tuvo lugar un mes más tarde, en un juzgado de paz, por deseo expreso de la novia. El señor Derby, atendiendo a mis sugerencias, no puso traba alguna, y tanto él como mi esposa, mi hijo y yo mismo asistimos a la ceremonia. El resto de invitados eran jóvenes universitarios. Asenath había comprado la vieja casa Crowninshield, en el condado, al final de High Street, y se proponían establecerse allí después de un corto viaje a Innsmouth, de donde tenían que venir tres criados, así como algunos libros y enseres. No debió de ser tanto por consideración a Edward y a su padre como por el deseo íntimo de estar cerca de la universidad y su biblioteca, lo que llevó a Asenath a establecerse en Arkham en vez de volver definitivamente a casa.

Cuando Edward me visitó después de la luna de miel, lo encontré algo cambiado. Asenath le había hecho librarse del ralo bigote, pero había algo más. Se le veía más sensato y pensativo, y había trocado su habitual aire de rebeldía infantil por algo que casi parecía verdadera tristeza. Tuve dudas a la hora de decidir si tal cambio me gustaba o disgustaba. Desde luego, de momento, parecía más adulto que antes. Quizás ese matrimonio había sido algo bueno y... ¿no podría ser que aquel *cambio* de dependencia fuese el comienzo de una verdadera *neutralización,* que llevase por último a una independencia responsable? Vino solo, ya que Asenath estaba muy ocupada. Había traído consigo un enorme montón de libros y aparatos de Innsmouth (Derby se estremecía al pronunciar ese nombre) y estaba acabando de acondicionar la casa Crowninshield y los terrenos.

Su hogar natal (esa ciudad) era un lugar bastante inquietante, pero ciertos objetos de allí le habían enseñado cosas sorprendentes. Progresaba con rapidez en el campo de lo esotérico, ahora que estaba bajo la tutela de Asenath. Algunos de los experimentos que ella se proponía eran sumamente osados y radicales (aunque él no se sintió en libertad para entrar en pormenores), pero tenía confianza en sus poderes e intenciones. Los tres criados eran muy extraños: una pareja de increíble edad que había estado con el viejo Ephraim y que se refería, a veces, a él y a la madre muerta de Asenath en forma críptica, así como una moza morena, con marcadas anormalidades en las facciones, que parecía exudar un perpetuo olor a pescado.

III

Durante los dos años siguientes vi cada vez menos a Derby. Podía irme a dormir durante una quincena entera sin oír el familiar golpeteo de tres más dos en la puerta principal; y cuando me visitaba (o cuando yo lo visitaba a él, cosa que cada vez hacía menos) se mostraba poco dispuesto a tratar sobre temas trascendentes. Se había vuelto muy reservado sobre aquellos estudios ocultos que antes solía describir y relatar de manera tan minuciosa, y prefería no hablar de su esposa. Ésta había envejecido terriblemente desde la boda, hasta el punto de que, cosa bien extraña, ahora parecía ser ella la más vieja de los dos. Su rostro mostraba el más concentrado gesto de determinación que yo haya visto nunca, y todo su aspecto parecía adquirir, cada vez más, un algo repulsivo, vago e indefinible. Mi esposa y mi hijo lo notaban también, y fuimos cesando poco a poco de visitarlo..., cosa de la que, como admitió Edward en uno de sus momentos de infantil falta de tacto, ella se congratuló sobremanera. De manera ocasional, los Derby emprendían largos viajes, al parecer a Europa, aunque Edward a veces dejaba entrever destinos más oscuros.

Pasado el primer año, la gente comenzó a hablar acerca del cambio obrado en Edward Derby. Eran habladurías casuales, ya que el cambio era meramente psicológico, pero incidían en puntos de lo más significativos. De vez en cuando, al parecer, se había observado a Edward mostrando una expresión y realizando actos del todo incompatibles con su abúlica naturaleza. Por ejemplo, pese a que antaño no conducía ningún coche, lo habían visto

entrando o saliendo por el viejo acceso de Crowninshield al volante del potente Packard de Asenath, conduciendo como un experto y lidiando con las complicaciones del tráfico con una habilidad y determinación que eran por completo ajenas a su naturaleza habitual. En tales casos, siempre parecía de vuelta o a punto de emprender un viaje. Ahora bien, qué clase de viaje, eso es algo que nadie podía conjeturar, aunque, sobre todo, se le había visto en la carretera de Innsmouth.

Cosa extraña, la metamorfosis no era para bien. La gente decía que en tales momentos se parecía mucho a su esposa o al viejo Ephraim Waite; o quizá tales momentos resultaban tan antinaturales por lo escasos que eran. A veces, horas después de haber salido en esa forma, regresaba tumbado apáticamente en el asiento de atrás del coche, que conducían o bien un chófer o bien un mecánico, y que obviamente era de alquiler. Además, el aspecto que solía presentar durante su menguante vida social (lo que incluía, he de decirlo, las visitas a mi casa) era el del indeciso de antaño, con su irresponsable infantilismo aún más marcado que en el pasado. Mientras el rostro de Asenath envejecía, el de Edward (aparte de aquellas ocasiones excepcionales) se relajaba hasta adoptar una antinatural inmadurez, excepto cuando la nueva tristeza o sabiduría asomaban por un momento. Era algo verdaderamente desconcertante. Entretanto, los Derby prácticamente se habían descolgado del círculo de diletantes universitarios...; no por propia voluntad, según oímos, sino porque algo en los estudios que realizaban resultaba estremecedor hasta para el más curtido de los demás decadentes.

Fue durante el tercer año de matrimonio cuando Edward comenzó a insinuarme, abiertamente, cierto miedo e insatisfacción. Dejaba caer frases como que las cosas estaban *yendo demasiado lejos* y hablaba crípticamente sobre la necesidad de *proteger su identidad*. Al principio pasé por alto tales referencias, pero, con el tiempo, comencé a preguntarle con precaución, recordando lo que la hija de mi amigo había dicho sobre la influencia hipnótica de Asenath sobre las demás chicas del colegio, así como los casos en los que las estudiantes habían pensado estar en el cuerpo de su compañera, mirando a través de la habitación hacia sí mismas. Ese interrogatorio pareció alarmarlo y agradarle a un tiempo, y una vez musitó algo acerca de mantener, en su momento, una charla en serio conmigo.

Por esa época, murió el viejo señor Derby; algo de lo que, más tarde, me congratulé. Edward sufrió un duro golpe, aunque no se hundió. Había mantenido un contacto asombrosamente escaso con su padre desde el matrimonio, ya que Asenath había concentrado en ella todo su sentimiento vital de atadura familiar. Alguien dijo que se había mostrado indiferente a la pérdida... sobre todo porque aquellas despreocupadas y sigilosas escapatorias en coche aumentaron en frecuencia. Deseaba regresar a la vieja mansión Derby, pero Asenath insistió en permanecer en la casa Crowninshield, a la que se había acomodado.

No mucho después, mi esposa escuchó una curiosa historia, de labios de una amiga, una de las pocas que no había dejado de lado a los Derby. Había ido al extremo de High Street con la intención de visitar a la pareja y había visto cómo un coche salía a todo gas, con el rostro de Edward, extrañamente confiado y casi burlón, inclinado sobre el volante. Al llamar a la campanilla, la había recibido la repulsiva moza, que le comunicó que Asenath había salido; sin embargo, tuvo oportunidad de echar un vistazo a la casa al marcharse. Allí, en una de las ventanas de la biblioteca de Edward, había vislumbrado un rostro que se apresuró a ocultarse; un rostro cuya expresión de pena, derrota y lamentable indefensión se hallaba más allá de cualquier descripción posible. Era la cara de Asenath (algo increíble, en vista de su papel normalmente dominante), pero la visitante habría jurado que, en ese instante, eran los ojos tristes y desvalidos del pobre Edward los que la miraban.

Las visitas de Edward fueron espaciándose aún más, y sus ocasionales insinuaciones fueron tornándose más concretas. Lo que decía era increíble, aun para la secular y plagada de leyendas Arkham, pero él descargaba su oscura sabiduría con una sinceridad y convicción que le hacían a uno temer por su cordura. Hablaba acerca de terribles reuniones en solitarios lugares, de ruinas ciclópeas en el corazón de los bosques de Maine, bajo los que inmensas escaleras se hundían en abismos de negros secretos, de ángulos complejos que llevaban, a través de invisibles muros, a otras regiones del espacio y el tiempo, y de odiosos cambios de personalidad que permitían explorar lugares remotos y prohibidos, u otros mundos, o diferentes continuos espaciotemporales.

A menudo, respaldaba sus locas insinuaciones mostrándome objetos que me dejaban por completo anonadado; objetos de colores elusivos y texturas desconcertantes que jamás habían sido conocidas en la Tierra, con curvas y superficies malsanas que no respondían a ningún propósito concebible ni seguían ninguna geometría imaginable. Tales cosas, decía, procedían del *exterior,* y su esposa sabía cómo conseguirlas. A veces (aunque siempre en susurros espantados y ambiguos) sugería cosas acerca de Ephraim Waite, a quien había visto antaño de manera ocasional en la biblioteca de la universidad. Tales murmuraciones no eran nunca claras, pero parecían guardar relación con alguna duda, especialmente horrible, que tenía de que el viejo brujo hubiera en verdad muerto... tanto en un sentido espiritual como corporal.

A veces Derby se interrumpía de golpe en sus revelaciones y yo me preguntaba si Asenath podría haber adivinado sus parloteos a distancia, y si no lo habría interrumpido merced a alguna especie desconocida de mesmerismo telepático..., algún poder del mismo tipo que había mostrado en la escuela. Desde luego, ella sospechaba que me contaba algo, ya que, en el transcurso de las semanas, trató de hacer que cesara en sus visitas mediante palabras y miradas de una potencia inexplicable. Tan sólo con dificultades conseguía él venir a verme, ya que, aunque pretendiera ir a alguna parte, una fuerza invisible bloqueaba por lo general sus movimientos o le hacía olvidar a dónde pretendía dirigirse. Me visitaba, por lo general, cuando Asenath estaba lejos; *lejos* con su propio cuerpo, dijo una vez de forma extraña. Ella siempre acababa por enterarse (los criados acechaban sus idas y venidas), pero, al parecer, ella no veía procedente tomar medidas drásticas.

IV

Hacía menos de tres años que Derby se había casado cuando, un día de agosto, llegó aquel telegrama desde Maine. No lo había visto desde hacía dos meses, pero había oído decir que estaba fuera, en viaje de negocios. Se suponía que Asenath estaba con él, aunque chismosos avisados afirmaban que se encontraba en el piso superior de la casa, detrás de las ventanas de doble cortina. Habían observado las compras que hacían los criados. Fue entonces cuando el alguacil de la ciudad de Chesuncook telegrafió acerca del lastimoso demente que había salido tambaleando de los bosques, barbotando fantasías delirantes y pidiendo protección. Se trataba de Edward, y apenas había sido capaz de recordar su propio nombre, así como el mío y mi dirección.

Chesuncook se encuentra cerca del cinturón selvático más salvaje, profundo e inexplorado de Maine, y me llevó todo un día de febril traqueteo, a través de paisajes fantásticos y prohibidos, llegar hasta allí en coche. Encontré a Derby en el sótano de una granja lugareña, oscilando entre el frenesí y la apatía. Me reconoció enseguida y comenzó a soltar un torrente de palabras sin sentido y apenas coherentes.

—¡Dan, por el amor de Dios! ¡El pozo de los shoggoths! Bajando los seis mil escalones... La abominación de las abominaciones... No quería que ella se apoderase de mí, pero luego me encontré allí... ¡Iä! ¡Shub-Niggurath!... La forma se alzó desde el altar y había otros quinientos que aullaban... El Ser Encapuchado balaba *¡Kamog! ¡Kamog!*... Ése era el nombre secreto de

69

Ephraim en el aquelarre... Yo estaba allí, aunque ella me había prometido que no se apoderaría de mí... Un minuto antes yo estaba encerrado en la biblioteca y luego estaba allí, en el lugar al que ella había ido con mi cuerpo... En el asiento de la suprema blasfemia, el pozo impío donde comienza el país oscuro y el guardián protege la puerta... vi un shoggoth, cambiaba de forma... Yo no podía estar allí... No debía estar allí... La mataré si vuelve a enviarme alguna vez... Mataré a ese ser... Ella, él, eso... ¡Lo mataré! ¡Lo mataré con mis propias manos!

Me costó una hora apaciguarlo, aunque al final se aquietó. Al día siguiente compré ropas decentes en el pueblo y nos volvimos a Arkham. Había desaparecido aquel frenesí histérico, y estaba más bien inclinado a callar; aunque comenzó a musitar, de forma críptica, cuando el coche pasó a través de Augusta, ya que la visión de aquella ciudad despertó en él desagradables recuerdos. Estaba claro que no quería volver a casa y, habida cuenta de los fantásticos delirios que parecía tener acerca de su mujer (delirios debidos, sin duda, a una ordalía hipnótica real a la que había sido sometido), pensé que sería mejor que no lo hiciese. Decidí que lo más oportuno sería que se quedase conmigo durante un tiempo, y no me importó lo que eso pudiera desagradar a Asenath. Más tarde le ayudaría con los trámites de divorcio, ya que estaba claro que había factores mentales que hacían suicida, para él, tal matrimonio. Cuando llegamos a campo abierto, Derby dejó de musitar y lo dejé dando cabezadas y dormitando en su asiento, mientras yo conducía.

Durante nuestro pasaje, al crepúsculo, por Portland, retomó su musitar, más inteligible esta vez; y, al prestarle atención, capté un flujo de completas locuras acerca de Asenath. Era patente lo mucho que ella había afectado a los nervios de Edward, ya que había urdido una trama completa de alucinaciones acerca de ella. Lo que acababa de sucederle, murmuró de manera furtiva, era sólo el último eslabón de una larga serie. Se estaba apoderando de él y sabía que, algún día, no lo dejaría ya. Incluso en aquellos momentos, tal vez sólo abandonaba su cuerpo cuando no le quedaba más remedio, ya que aún no podía poseerlo de manera indefinida. Se apoderaba una y otra vez de su envoltura carnal e iba a indescriptibles lugares para ejecutar ritos inenarrables, y lo dejaba a él en el cuerpo de ella, encerrado en el piso de arriba... Pero, a veces, no era capaz de mantener esa situación y él se descubría, de repente, dentro de su cuerpo de nuevo, en algún lugar remoto, horrible y quizá desconocido. Con frecuencia se veía abandonado dondequiera que se despertase... En ocasiones tenía que volver a casa desde tremendas distancias, buscándose alguien que condujese el coche.

Lo peor de todo era que, cada vez, ella se quedaba más y más tiempo en su cuerpo. Deseaba ser un hombre (ser completamente humana) y por eso se apoderaba de él. Se había percatado de la mezcla entre cerebro privilegiado y débil voluntad que había en él. Algún día se haría por completo con el control y desaparecería con su cuerpo, y lo dejaría abandonado en esa carcasa femenina que no era siquiera humana por completo. Sí, él sabía ahora lo que pasaba con la sangre de Innsmouth. Habían tenido tratos con seres procedentes del mar... Era algo horrible... Y el viejo Ephraim... Él había conocido el secreto y, al hacerse viejo, hizo algo odioso para mantenerse vivo... Quería ser inmortal... Asenath quería también lograrlo, y una demostración palpable había tenido ya lugar.

Mientras Derby murmuraba, me volví a mirarlo con mayor detenimiento, verificando esa impresión de cambio que ya me había dado un anterior escrutinio. Paradójicamente, parecía en mejor forma de lo habitual; más duro, más desarrollado y sin esa traza de enfermiza blandura, causada por sus hábitos indolentes. Era como si, realmente, hubiera estado activo y en ejercicio por primera vez en su regalada vida, y supuse que la fuerza de voluntad de Asenath debía haberlo empujado hacia una actividad y alerta indeseadas. Pero, al mismo tiempo, su mente estaba en un estado lamentable, ya que farfullaba absurdas extravagancias sobre su esposa, sobre la magia negra, sobre el viejo Ephraim y sobre ciertas revelaciones que me convencían incluso a mí. Repetía nombres que reconocí gracias a antiguas ojeadas que les había dado a sus volúmenes prohibidos, y, alguna vez, me hizo estremecer con cierta fibra de mitológica consistencia (de convincente coherencia) que corría a través de sus desvaríos. Una y otra vez se detenía, como acumulando coraje para hacer alguna revelación final y terrible.

—Dan, Dan. ¿No te acuerdas de él? ¿Esos ojos salvajes y la barba desordenada que nunca encanecía? Me miró una vez y nunca pude olvidarlo.

Ahora es *ella* la que tiene esa mirada. *¡Y yo sé por qué!* Él encontró la fórmula en el *Necronomicón*. No me atrevo aún a decirte cuál es la página, pero cuando lo haga podrás leerla y lo entenderás. Entonces sabrás qué es lo que me atenaza. Adentro, adentro, adentro, adentro... de un cuerpo a otro cuerpo a otro cuerpo... quiere vivir para siempre. La chispa de la vida... Él sabe cómo romper los lazos... Puede lucir aunque el cuerpo esté muerto. Te daré atisbos del asunto y puede que tú saques tus propias conclusiones. Escúchame, Dan... ¿Sabes por qué mi esposa se toma siempre tantas molestias para escribir de esa estúpida forma, con las letras inclinadas hacia la izquierda? ¿Has visto alguna vez un manuscrito del viejo Ephraim? ¿Quieres saber por qué me estremezco cuando veo algunas de las apresuradas notas que Asenath le ha añadido?

»Asenath... *¿es realmente ella?* ¿Por qué los hubo que dieron a entender que había veneno en el estómago del viejo Ephraim? ¿Por qué los Gilman murmuran sobre la forma en que gritaba, como un niño aterrorizado, cuando se volvió loco y Asenath le encerró en el ático de ventanas clausuradas, ahí donde aquella otra estuvo oculta? *¿Era de verdad el espíritu del viejo Ephraim el que estaba encerrado? ¿Quién encerró a quién?* ¿Por qué estuvo buscando, durante meses, a alguien de buen intelecto y débil voluntad? ¿Por qué maldecía el hecho de que su hija no hubiera sido varón? Dime, Daniel Upton, *¿qué infernal cambio se perpetró en esa casa de horror, donde aquel monstruo de blasfemia tuvo a su confiada, débil y semihumana hija a su merced?* ¿No fue el cambio permanente... tal y como lo hará ella conmigo al final? Dime por qué esa cosa que se llama a sí misma Asenath escribe de forma diferente cuando se despistan, *por qué no puedes distinguir entonces su escritura de la de...*

Entonces sucedió. La voz de Derby se estaba convirtiendo en un grito débil, llevado del delirio, cuando, de golpe, se cortó casi con un clic mecánico. Pensé en aquellas otras ocasiones en mi casa, cuando sus confidencias se habían detenido de manera tan abrupta... y cómo entonces yo fantaseaba con que alguna oscura onda telepática, producto de la fuerza mental de Asenath, estaba obrando para obligarlo a guardar silencio. Esto, empero, era algo por completo diferente... y, sentí, infinitamente más terrible. El rostro, a mi lado, se retorcía hasta convertirse en casi irreconocible por un momento, al tiempo que todo el cuerpo se veía estremecido... como si todos los huesos, órganos, músculos, nervios y glándulas se estuvieran reajustando para un cambio general de postura, tensiones y completa personalidad.

No sabría decir, aunque quisiera, dónde residía el supremo horror, aunque me veía sumergido por una avasalladora oleada de repugnancia y repulsión, como una sensación, congelante y petrificadora, ajena y anormal, por lo que mi apretón sobre el volante se hizo débil e incierto. La figura sentada a mi lado se parecía menos a un amigo de toda la vida que a una monstruosa intrusión del espacio exterior... Se trataba de alguna condenable y por completo maldita concreción de desconocidas y malignas fuerzas cósmicas.

Me había desconcertado por un momento, pero al instante siguiente mi compañero había aferrado el volante y trataba de obligarme a cambiar los asientos. Se había hecho ya muy oscuro y las luces de Portland habían quedado muy atrás, por lo que no pude ver mucho de su rostro. El resplandor de sus ojos, empero, era fenomenal, y comprendí que debía hallarse ahora en aquel estado extrañamente enérgico (tan discordante con su habitual forma de ser), del que mucha gente se había percatado. Parecía extraño e increíble que el apático Edward Derby (que nunca fue capaz de imponerse y que jamás aprendió a conducir) tratara de apabullarme y hacerse con el volante de mi propio coche; pero era eso precisamente lo que estaba sucediendo. No habló durante algún tiempo y, sumido en aquel inexplicable horror, me alegré de que así fuese.

Al resplandor de las luces de Biddeford y Saco, vi cómo apretaba con firmeza la boca, y me estremecí ante el fulgor de sus ojos. La gente tenía razón... Se parecía condenadamente a su esposa y al viejo Ephraim cuando se hallaba en ese estado. No me asombré de que tal cosa desagradase a la gente... Había, desde luego, algo antinatural y diabólico en todo ello, y sentí sobremanera un siniestro elemento, debido a los estrambóticos desvaríos que había estado escuchando. Este hombre, al que toda la vida había conocido como Edward Pickman Derby, era un extraño, una intrusión, de alguna especie, procedente del negro abismo.

No habló hasta que nos vimos en un oscuro tramo de carretera, y, cuando lo hizo, su voz me resultó por completo desconocida. Era más profunda, firme y decidida de la que yo le conocía, y su acento y pronunciación estaban totalmente cambiados... aunque recordaban de forma vaga, remota y bastante perturbadora a algo que no fui capaz de ubicar. Había, pensé, una traza de una ironía profunda y genuina en su timbre. No era la ironía ostentosa, desenvuelta y sin sentido, propia de los jóvenes «sofisticados» que solía afectar a Derby sino algo enervante, básico, penetrante y potencialmente maligno. Me pregunté cómo habría recuperado el control tan pronto, después de aquel ataque de balbuceos colmados de pánico.

—Espero que no tengas en cuenta el ataque que acabo de sufrir, Upton —me dijo—. Ya sabes cómo están mis nervios y confío en que puedas perdonarme cosas así. Te estoy enormemente agradecido, por supuesto, por venir a traerme a casa.

»Y también espero que seas capaz de olvidar cualquier loco desatino que haya podido estar diciéndote sobre mi mujer... y sobre cualquier otra cosa en general. Esto es lo que pasa por absorberme en un campo como el mío. Mi filosofía está llena de conceptos extraños y, cuando la mente está agotada, cuece toda clase de espejismos. Me tomaré un descanso. Es muy probable que no nos veamos durante algún tiempo, y no necesitas echar la culpa a Asenath por ello.

»Este viaje ha sido un poco extraño, pero todo tiene una explicación muy sencilla. Hay ciertos restos indios en los bosques del norte, monolitos de piedra y cosas así, que tienen su importancia en el folclore, y Asenath y yo los hemos estudiado a fondo. La búsqueda ha sido dura y creo que he perdido la cabeza. En cuanto esté en casa, enviaré a alguien a buscar el coche. Un mes de reposo me pondrá de nuevo a punto.

No recuerdo con exactitud qué parte tuve en la conversación, ya que la anonadadora lejanía de mi compañero de viaje colmaba toda mi conciencia. Mi sentimiento de elusivo horror cósmico crecía por momentos, así que, al cabo de un rato, estaba en un estado casi de delirio, en mi ansia por acabar el viaje. Derby no se ofreció a devolver el volante y yo me congratulé de la velocidad con que dejamos atrás Portsmouth y Newburyport.

En la bifurcación, allá donde la ruta principal se dirige tierra adentro y sortea Innsmouth, casi temí que el conductor tomase la desolada carretera costera que lleva a ese lugar maldito. No lo hizo, sin embargo, y se lanzó con rapidez, pasando Rowley e Ipswich, hacia nuestro destino. Llegamos a Arkham antes de la medianoche y encontramos las luces aún encendidas en la vieja casa Crowninshield. Derby dejó el coche con una apresurada repetición de gratitud, y yo conduje solo hacia casa, lleno de un curioso sentimiento de alivio. Había sido un viaje terrible (y tanto más en cuanto que yo no sabría decir por qué había sido terrible), y no me lamenté por la advertencia de Derby de que no frecuentaría mi compañía durante largo tiempo.

V

Los dos meses siguientes estuvieron plagados de rumores. La gente decía haber visto, cada vez en más ocasiones, a Derby en su estado enérgico, y Asenath apenas atendía a las escasas visitas. Tuve tan sólo una visita de Edward, cuando vino brevemente en el coche de Asenath (ya devuelto de dondequiera que lo hubiese dejado en Maine) para llevarse algunos libros que me había prestado. Se hallaba en ese nuevo estado y se detuvo sólo lo suficiente como para decir algunas frases de cortesía. Estaba claro que no quería discutir conmigo cuando se hallaba en tal condición y me percaté de que ni siquiera se molestaba en hacer la vieja llamada de tres y dos, al tocar la aldaba de la puerta. Lo mismo que aquella noche en el coche, sentí un horror débil e infinitamente profundo, que no podía explicar, así que su rápida partida fue para mí un prodigioso alivio.

A mediados de septiembre, Derby se ausentó durante una semana y algunos del grupo decadentista de la universidad hablaban, con conocimiento de causa, acerca del tema. Daban a entender que iba a reunirse con un conocido líder de una secta, expulsado de Inglaterra, que había establecido su cuartel general en Nueva York. Por mi parte, no podía quitarme de la cabeza aquel extraño viaje desde Maine. La transformación que había presenciado me había afectado profundamente, y me descubría, una y otra vez, volviendo sobre el asunto, así como sobre el extremo horror que me había inspirado.

Pero los más extraños de los rumores eran los que hablaban sobre los gimoteos que se oían en la vieja casa de Crowninshield. La voz parecía ser la de una mujer, y algunos de los testigos más jóvenes afirmaban que era como la de Asenath. Se escuchaban sólo a raros intervalos y a veces se detenían como si los hubieran acallado. Se habló de una investigación, pero todo quedó en nada cuando Asenath apareció públicamente y habló largo y tendido con gran número de conocidos, disculpándose por la reciente ausencia y hablando, de pasada, acerca del colapso nervioso y la histeria sufridos por un invitado de Boston. Nadie vio nunca al invitado, pero la aparición de Asenath acalló cualquier rumor. Luego, todo se complicó cuando las habladurías afirmaron que, una o dos veces, los lamentos tenían la voz de un hombre.

Una tarde de octubre escuché la familiar llamada de tres y dos en la puerta delantera. Al abrir yo mismo, encontré a Edward en el umbral y enseguida constaté que su personalidad era la antigua, la que no había visto desde el día en que se lanzó a delirar, en ese terrible viaje desde Chesuncook. Su rostro estaba crispado con una mezcla de extrañas emociones, en las que el miedo y el triunfo parecían disputarse el puesto, y miró furtivamente, por encima del hombro, cuando cerré la puerta a sus espaldas.

Me siguió desmañadamente hacia el estudio, y me pidió un whisky para templar los nervios. No le pregunté, sino que esperé a que quisiera contarme lo que había venido a decirme. Al cabo, aventuró alguna información con tono estremecedor.

—Asenath se ha marchado, Dan. Mantuvimos una larga conversación anoche, sin la presencia de los criados, y me dio su palabra de que dejaría de apoderarse de mí. Por supuesto que he tomado mis medidas... Tengo ciertas defensas ocultas de las que nunca te he hablado. No le quedó más remedio que aceptar, aunque estaba hecha una auténtica furia. Hizo las maletas y se largó para Nueva York, con el tiempo justo para tomar el tren de las 8:20 para Boston. Supongo que la gente hablará, pero no puedo hacer nada al respecto. No necesitas mencionar que haya habido problema alguno. Tan sólo di que ha salido para realizar un largo viaje.

»Lo más probable es que se instale con una de esas horribles sectas. Espero que se vaya al oeste y pida el divorcio; de cualquier forma, tengo su palabra de que se irá lejos y me dejará en paz. Ha sido horrible, Dan... Estaba hurtándome mi cuerpo..., expulsándome..., haciendo de mí un prisionero. Yo fingía dejarle hacer, pero me mantenía en guardia. Pude planearlo con sumo cuidado, porque ella no podía leerme la mente, ni de manera literal ni en detalle. Todo lo que podía captar en mí era una especie de sentimiento generalizado de rebeldía... y siempre supuso que me tenía inerme. Nunca creyó que pudiera ser la horma de su zapato... pero guardo uno o dos hechizos en la manga.

Derby miró hacia atrás y se sirvió un poco más de whisky.

—Liquidé cuentas con esos malditos criados, esta misma mañana, en cuanto ella se fue. Se mostraron reacios e hicieron preguntas, pero se marcharon. Son de su misma clase, gente de Innsmouth, y eran uña y carne con ella. Espero que me dejen en paz. No me gustó la forma en que se reían al marcharse. Tengo que buscar a cuantos pueda de los antiguos criados de papá. Me los traeré de nuevo a casa.

»Supongo que piensas que estoy loco, Dan... pero la historia de Arkham da pistas de cosas que respaldan lo que te he contado... y lo que voy a contarte. Has presenciado uno de los cambios, también... en tu coche, después de que te hablase de Asenath aquel día, volviendo a casa desde Maine. Fue entonces cuando se apoderó de mí... y me echó de mi cuerpo. Lo último que recuerdo del viaje fue que estaba tratando de contarte *qué es exactamente esa diablesa*. En ese momento se apoderó de mí y, en un instante, estuve de vuelta en casa... en la biblioteca donde me habían encerrado esos malditos sirvientes... y en ese maldito cuerpo diabólico. No es ni siquiera humano... Has de entender que fue con ella con quien volviste a casa... Ese lobo famélico en el interior de mi cuerpo... ¡Tuviste que percatarte de la diferencia!

Me estremecí cuando Derby hizo una pausa; yo me había percatado de la diferencia... aunque ¿cómo aceptar una explicación tan desquiciada como ésa? Pero el discurso de mi alterado visitante se hacía cada vez más extraño.

—Tengo que ponerme a salvo... ¡He de hacerlo, Dan! Ella quería apoderarse definitivamente de mí el día de Todos los Santos... Iban a realizar un aquelarre más allá de Chesuncook, y el sacrificio lo habría sellado todo. Se habría hecho conmigo para siempre... Ella habría sido yo y yo, ella... por siempre..., demasiado tarde... Mi cuerpo habría sido suyo de manera definitiva... Ella habría sido hombre, completamente humano, tal y como deseaba... Supongo que se me habría quitado de encima..., dado muerte a su propio cuerpo antiguo, conmigo dentro, *tal como ya hizo antes...*, tal como ella, él o ello ha hecho ya...

El rostro de Edward, en ese momento, se desfiguró atrozmente, y se acercó de manera inquietante al mío, al tiempo que su voz se debilitaba hasta convertirse en un susurro.

—Has de saber lo que ya te insinué en el interior del coche: *que ella no es Asenath, sino que, en realidad, es el mismísimo viejo Ephraim.* Lo sospechaba desde hace año y medio, y ahora lo sé de cierto. Su caligrafía lo delata cuando no está en guardia... A veces garabatea una nota con una escritura que es exactamente igual a la de los manuscritos de su padre, punto por punto... Y a veces dice cosas que nadie, excepto un viejo como Ephraim, puede decir. Él cambió de cuerpo con ella cuando sintió la inminencia de la muerte... Ella era la única que pudo encontrar con el cerebro apropiado y la voluntad lo suficientemente débil... Tomó de manera permanente su cuerpo, tal como ella casi hizo con el mío, y luego envenenó a la vieja carcasa en la que la había confinado. ¿No has visto el alma del viejo Ephraim resplandecer en esos ojos diabólicos, docenas de veces..., y en los míos cuando ella controlaba mi cuerpo?

Mi susurrante interlocutor estaba resollando y se detuvo a tomar aire. No dije nada y, cuando volvió a hablar, su voz era casi normal. Aquello, me vino a la cabeza, era un caso claro de manicomio, pero no sería yo quien lo mandase allí. Quizás el tiempo y el estar libre de Asenath lo curasen. Desde luego, estaba claro que no le iban a quedar, nunca más, ganas de tontear con el ocultismo morboso.

—Te contaré más después... Necesito un buen descanso ahora. Te diré algo de los prohibidos horrores en los que me introdujo..., algo de los horrores inmemoriales que incluso ahora se incuban en apartados rincones, merced a unos pocos y monstruosos sacerdotes que se mantienen con vida. Hay gente que sabe cosas sobre el universo que nadie debiera saber, y pueden hacer cosas que tampoco nadie debiera. He estado metido en ello hasta el cuello, pero se acabó. Hoy mismo quemaría ese condenado *Necronomicón* y todos los demás libros, si fuese bibliotecario de la Universidad de Miskatonic.

»Pero ella ya no puede apoderarse de mí ahora. Tengo que abandonar esa maldita casa, tan pronto como me sea posible, y volver al hogar. Me ayudarás, espero, porque necesito ayuda. Ya sabes, esos diabólicos criados... y si la gente se vuelve demasiado curiosa acerca de Asenath. Entiende que no puedo darles su dirección... Y hay ciertos grupos místicos, ciertos cultos, comprende, que pueden malinterpretar nuestra ruptura... Algunos de ellos tienen ideas y métodos condenadamente curiosos. Sé que puedo contar contigo por si algo sucede; aun si tengo que confesarte un montón de cosas que te harán estremecer...

Dejé que Edward se quedase esa noche y durmiera en uno de los cuartos de invitados, y a la mañana siguiente parecía más tranquilo. Discutimos ciertas posibles disposiciones para su mudanza a la mansión Derby, y confiaba en que no demorase mucho el traslado. No me visitó la tarde siguiente, pero lo vi con frecuencia durante las siguientes semanas. Hablamos tan poco como nos fue posible sobre cosas extrañas y desagradables, pero discutimos sobre la reforma de la vieja casa Derby y sobre el viaje que Edward había prometido hacer con mi hijo y conmigo mismo, al verano siguiente.

No hablamos apenas de Asenath, consciente como era de que el asunto lo turbaba de forma notable. Hubo abundantes rumores, desde luego, pero no se produjeron novedades en lo que respecta a la extraña servidumbre de la vieja casa Crowninshield. Lo único que no me gustó fue lo que dejó caer, en un arrebato de expansión, el banquero de Derby en el club Miskatonic, acerca de los cheques que Edward enviaba regularmente a Moses y Abigaíl Sargent, así como a Eunice Babson, en Innsmouth. Aquello tenía todo el aspecto de un chantaje de algún tipo, ejercido por aquellos sirvientes malencarados..., y él no me había mencionado para nada el asunto.

Yo estaba deseando que llegasen el verano y las vacaciones de Harvard de mi hijo para poder así llevarme a Edward a Europa, ya que enseguida descubrí que no mejoraba tan rápido como yo había esperado. A veces había un punto de histeria en sus ocasionales muestras de alegría desmedida, al tiempo que sus arrebatos de miedo y desesperación eran además aún demasiado frecuentes. La vieja casa Derby quedó acondicionada en diciembre, pero Edward retrasaba la mudanza una y otra vez. Aunque aborrecía y parecía odiar la casa Crowninshield, estaba al mismo tiempo extrañamente atado a ella. No daba muestras de comenzar a empacar y se inventaba toda clase de excusas para retrasar la marcha. Cuando yo se lo indicaba, parecía indescriptiblemente espantado. El mayordomo de su padre (que había vuelto a su lado, junto con otros criados de la familia, contratados de nuevo) me dijo un día que sus ocasionales merodeos por la casa, y sobre todo por el sótano, le parecían extraños y malsanos. Me pregunté si Asenath no le habría estado escribiendo cartas turbadoras, pero el mayordomo me respondió que no había llegado ninguna en el correo con aspecto de ser de ella.

VI

Fue en Navidades cuando Derby se colapsó, una noche, estando de visita en mi casa. Yo estaba comentando acerca de nuestros proyectados viajes del verano, cuando él, de repente, soltó un grito y saltó de su silla, con una cara de miedo estremecedor e incontrolable..., un pánico y espanto cósmico tal como sólo las más profundas simas de pesadilla pueden provocar en un cerebro cuerdo.

—¡Mi cerebro! ¡Mi cerebro! Por Dios, Dan... Está tirando de mí... desde el más allá..., golpeando..., arañando... Esa diablesa... aún ahora... Ephraim... ¡Kamog! ¡Kamog!... El pozo de los shoggoths... ¡Iä! ¡Shub-Niggurath! ¡La Cabra del Centenar de Retoños!...

»La llama..., la llama..., más allá del cuerpo, más allá de la vida... En la Tierra... ¡Dios mío!...

Lo hice volver a su silla y lo obligué a trasegar un poco de vino, apenas su frenesí decayó hasta una lerda apatía. No se resistió, pero sus labios seguían moviéndose como si hablase consigo mismo. Entonces comprendí que estaba tratando de decirme algo, y acerqué mi oído a su boca, tratando de captar sus débiles palabras.

—Una y otra vez... Está tratando de volver a hacerlo... Tendría que haberlo sabido... Nada puede detener esa fuerza; ni la distancia, ni la magia, ni la muerte... Se abalanza una y otra vez, sobre todo por la noche... No puedo librarme... Es horrible... Por Dios, Dan, *si tan sólo pudieras saber cuán horrible es...*

Cuando se hundió en el estupor, lo acomodé entre almohadones y dejé que se deslizase en el sueño normal. No llamé a un médico, ya que sabía lo que se decía de su estado mental y deseaba dar, a ser posible, una oportunidad al curso natural de las cosas. Se despertó a medianoche y lo llevé a una cama de arriba; pero, a la mañana siguiente, se había ido. Había salido de la casa con sigilo, y su mayordomo, cuando telefoneé, me dijo que estaba en la suya, paseando inquieto por la biblioteca.

Edward se desmoronó a partir de entonces con rapidez. No volvió a visitarme, pero yo iba todos los días a su casa. Estaba siempre sentado en su biblioteca, mirando al infinito y con un aire de anormal escucha. A veces hablaba racionalmente, pero siempre sobre asuntos triviales. Cualquier mención a su problema, o planes de futuro, o Asenath, le provocaba de nuevo el frenesí. Su mayordomo me contó que sufría espantosos ataques por la noche, en el transcurso de los cuales podía llegar a lacerarse.

Tuve una larga conversación con su médico, su banquero y su abogado, y por último el doctor lo visitó acompañado de dos especialistas. El ataque causado por las primeras preguntas fue violento y lastimoso... y esa misma tarde, un coche cerrado se llevó aquel pobre cuerpo convulso al manicomio de Arkham. Me nombraron albacea suyo y, cada semana, lo visitaba dos veces... al borde de las lágrimas al oír sus gritos salvajes, sus espantosos susurros y aquellas repeticiones temibles e incansables de frases como: «Tuve que hacerlo, tuve que hacerlo... Se apoderará de mí... Se apoderará de mí... Abajo... Abajo en la oscuridad... ¡Madre! ¡Madre! ¡Dan! Sálvame..., sálvame...».

No podía saber qué esperanzas de curación tenía, aunque trataba de ser optimista. Edward tenía que disponer de una casa, por si salía de aquel trance, así que envié a sus criados a la mansión Derby, que, de haber estado cuerdo, habría sido sin duda su decisión. De momento, no tomé decisión alguna respecto a la casa Crowninshield, con sus complicados artefactos y sus colecciones de objetos por completo inexplicables; lo único que hice fue enviar a la criada de Derby a quitar el polvo de las habitaciones principales, una vez por semana, y ordenarle al encargado de la calefacción que encendiese el fuego en esos días.

La pesadilla final se produjo en la Candelaria, precedida, como en cruel ironía, por un falso destello de esperanza. Una mañana, a últimos de enero, me llamaron del manicomio para informarme de que Edward había recobrado la razón de manera repentina. Su memoria estaba dañada, según me dijeron, pero su cordura estaba fuera de toda cuestión. Por supuesto, habría de quedarse algún tiempo en observación, pero podría salir, más allá de toda duda. De no surgir contratiempos, quedaría en libertad en el plazo de una semana.

Me precipité hacia allí sumido en una marea de felicidad, pero me detuve atónito cuando una enfermera me llevó a la habitación de Edward. El paciente se levantó a saludarme, tendiendo la mano con sonrisa cortés, pero, en un instante, vi que su personalidad ahora era ésa enérgica que había parecido desplazar a su verdadera naturaleza..., aquella personalidad resoluta que había encontrado tan vagamente horrible y de la que el propio Edward me había una vez jurado que era la del alma intrusa de su esposa. Tenía los mismos ojos llameantes (iguales a los de Asenath y el viejo Ephraim) y la misma boca decidida, y, cuando habló, pude sentir aquella misma ironía, espantosa y sutil, en su voz; la profunda ironía tan preñada de potencial malignidad. Ésa era la misma persona que había conducido mi coche, en mitad de la noche, hacía cinco meses, la persona a la que no había visto desde aquella fugaz visita, cuando olvidó la llamada que siempre hacía y que provocó tales miedos nebulosos en mí. Y ahora me colmaba con el mismo sentimiento brumoso de blasfemo alejamiento e inefable rechazo cósmico.

Me habló afablemente acerca de las disposiciones para su salida, y no me quedó sino asentir, pese a algunos notables huecos que había en su memoria reciente. Aun así, noté que en todo aquello había algo terrible e inexplicablemente equivocado y anormal. Había horrores en todo aquel asunto que yo no llegaba a alcanzar. Aquélla era una persona cuerda... Pero ¿era de veras el Edward Derby a quien yo había conocido? Y en caso contrario, ¿quién o qué era... *y dónde estaba Edward?* ¿Debía ser libre o quedar confinado... o debía ser extirpado de la superficie de la Tierra? Había un atisbo de burla abismal en cuanto decía esa criatura... y los ojos, iguales que los de Asenath, relampagueaban con una burla atípica y desconcertante cuando decía algo sobre la «reciente liberación de un confinamiento especialmente estrecho». No supe cómo comportarme y me alegré de marcharme.

Todo ese día y el siguiente me devané los sesos pensando en ese asunto. ¿Qué había ocurrido? ¿Qué clase de cerebro miraba al exterior, a través de esos ojos extraños en el rostro de Edward? No podía pensar en nada, aparte de en ese enigma brumosamente horrible, y resultaron infructuosos mis esfuerzos para concentrarme en mi trabajo habitual. A la mañana siguiente me llamaron del hospital para decirme que no se habían producido cambios en el recuperado paciente y, al llegar la noche, yo estaba al borde del colapso nervioso..., un estado que admito, aunque otros dirán que eso tiñó todo cuanto vi después. No tengo nada que comentar a tal respecto, con la salvedad de que ninguna locura por mi parte podría explicar *toda* la evidencia.

VII

Fue de noche (luego de la segunda) cuando me vi atrapado por un horror tremendo y completo, que lanzó mi espíritu a un pánico negro y atenazador del que nunca ya me libraré. Comenzó con una llamada telefónica, justo antes de la medianoche. Yo era el único que estaba levantado y descolgué, somnoliento, el receptor de la biblioteca. No parecía haber nadie al otro lado y estaba a punto de colgar e irme a la cama, cuando mis oídos captaron un débil atisbo de sonido al otro lado. ¿Estaba alguien tratando de hablar con grandes dificultades? Mientras escuchaba, creí oír una especie de borboteo semilíquido *(glub..., glub..., glub)* que transmitía una extraña sugerencia de palabras y división de sílabas, inarticuladas e ininteligibles. Dije: «¿Quién es?». Pero la única respuesta fue: *«glub-glub..., glub-glub»*. Lo único que pude pensar es que aquel sonido era mecánico e, imaginando que podía deberse a un teléfono roto, capaz de recibir pero no de emitir, añadí: «No puedo oírle, mejor cuelgue y llame a Información». De inmediato, oí cómo colgaban en el otro lado.

Esto, como he dicho, sucedió justo antes de la medianoche. Cuando rastrearon la llamada, se descubrió que procedía de la vieja casa Crowninshield, aunque hacía su buena media semana desde que le tocara a la criada ir allí. Sólo puedo dar indicios de lo que se encontró en la casa: el desorden en una remota despensa del sótano, las huellas, la suciedad, el armario saqueado con premura, las desconcertantes manchas en el teléfono, el desmañado uso del papel de escritorio y el detestable olor que lo impregnaba todo. La policía, pobres necios, tiene sus pequeñas teorías engreídas y está aún buscando a aquellos siniestros criados despedidos... que se largaron en mitad de tanto alboroto. Hablan de una infernal venganza por lo que había pasado, y de que me habían incluido a mí debido a que era el mejor amigo y consejero de Edward.

¡Idiotas! ¿Se imaginan que esos bufones embrutecidos podrían haber pergeñado ese manuscrito? ¿Creen que podrían habérmelo traído más tarde? ¿Estaban ciegos a los cambios que se habían operado en ese cuerpo que fue Edward? *En lo que a mí respecta, estoy ahora seguro de que todo lo que Edward Derby me contó era cierto.* Hay horrores más allá del confín de la vida sobre los que nada sospechamos y, a veces, las súplicas de un malvado los atraen a nuestra esfera. Ephraim... Asenath... Ese demonio los convocó y atraparon también a Edward, como hicieron conmigo.

¿Puedo tener la certeza de estar a salvo? Esos poderes sobreviven a su forma física. Al día siguiente (por la tarde, cuando salí de mi postración y fui capaz de caminar y hablar con cierta coherencia), fui al manicomio y lo maté a tiros, por el bien de Edward y del mundo, pero ¿cómo puedo estar seguro en tanto no haya sido incinerado? Están guardándose el cuerpo para que distintos doctores le hagan estúpidas autopsias... pero soy de la opinión de que hay que quemarlo. *Tienen que incinerar a ése que no era ya Edward Derby cuando lo tiroteé.* Me volveré loco si no lo hacen, puesto que yo seré el siguiente. Pero mi voluntad no es débil y no me dejaré carcomer por los terrores que bullen en torno. Primero, Ephraim; luego, Asenath, y luego, Edward... ¿y quién ahora? No me expulsarán de mi cuerpo... ¡No me cambiaré por ese cadáver tiroteado del manicomio!

Pero permítanme explicarles de una manera coherente algo de aquel horror final. No hablaré de lo que la policía insiste en desdeñar: las historias sobre ese ser encogido, grotesco y hediondo con el que se cruzaron al menos tres transeúntes en High Street, justo antes de las dos, y la naturaleza tan singular de las pisadas en ciertos lugares. Sólo diré que, justo hacia las dos, sonaron tanto el timbre como el pomo del llamador, ambos con un repique alternado e incierto, con una especie de débil desesperación, y todos los toques eran los de la vieja llamada de tres y dos de Edward.

Sacado de un sueño profundo, mi mente se precipitó en un torbellino. Derby en mi puerta... ¡y recordando el viejo código! ¡La nueva personalidad no lo recordaba! ¿Habría vuelto de repente Edward a su antiguo estado? ¿Por qué aparecía ahora a mi puerta con tales muestras de tensión y prisas? ¿Lo habían liberado antes de tiempo o se había escapado? Quizá, pensé mientras me echaba un albornoz encima y me lanzaba abajo, su regreso al viejo carácter había tenido lugar entre frenesí y violencia, revocando el veredicto de cordura y llevándolo a una desesperada fuga en busca de la libertad. ¡Fuera lo que fuese que había sucedido, era mi viejo amigo Edward y mi obligación era ayudarlo!

Cuando abrí la puerta, sumida en la negrura por los olmos, un golpe de aire insufriblemente fétido estuvo a punto de hacerme caer. Me debatí presa de la náusea y, en el primer instante, apenas llegué a distinguir la encogida y jorobada forma de los peldaños. Los toques habían sido los de Edward, pero ¿qué era esa parodia extraña y empequeñecida? ¿Adónde podía haberse ido Edward? Su llamada había sonado sólo un segundo antes de que abriera la puerta.

El visitante portaba uno de los abrigos de Edward; los bajos casi tocaban el suelo, y las mangas, aunque enrolladas, cubrían las manos. Llevaba la cabeza cubierta por un sombrero encasquetado y ocultaba el rostro tras una bufanda de seda negra. Mientras yo me adelantaba inseguro, la figura dejó escapar un sonido semilíquido, como el que había escuchado por el teléfono *(glub..., glub)*, y me tendió un papel grande, cubierto de escritura, pinchado al extremo de un largo lápiz. Aún tambaleándome por efectos de aquel hedor morboso e insoportable, así el papel y traté de leerlo a la luz del umbral.

Sin duda alguna, era la letra de Edward pero ¿por qué lo había escrito cuando estaba lo bastante cerca como para llamar a mi casa... y por qué el manuscrito era tan torpe, tosco y tembloroso? No pude sacar nada en claro en la débil penumbra y regresé al vestíbulo, seguido mecánicamente por la encanijada figura, aunque ésta se detuvo en la puerta interior. El olor de ese singular mensajero era en verdad horripilante, y confié (como así sucedió, ¡a Dios gracias!) en que mi esposa no se despertara y se encontrase con él.

Entonces, al leer el papel, sentí que me flaqueaban las piernas y que todo se ponía negro. Cuando recobré el conocimiento, estaba en el suelo, con esa maldita hoja aún en mi mano, rígido de miedo. Esto es lo que decía:

Dan, ve al manicomio y mátalo. Extermínalo. No es ya Edward Derby. Se apoderó de mí, es Asenath, y *ella lleva muerta ya tres meses y medio.* Te mentí al decir que se había marchado. Yo la maté. Tuve que hacerlo. Fue de repente, pero estábamos solos y yo me encontraba en mi cuerpo. Con un candelabro le hundí el cráneo. Se habría apoderado de mí, para siempre, la noche de Todos los Santos.

La enterré en la más profunda despensa del sótano, bajo viejas cajas, y lo limpié todo. Los criados sospecharon a la mañana siguiente, pero tenían a su vez secretos que guardar y no se atrevieron a acudir a la policía. Los alejé de mí, pero Dios sabe lo que ellos (y otros de su culto) son capaces de hacer.

Durante un tiempo pensé que todo estaba arreglado, pero luego sentí esa tracción en mi mente. Sabía lo que era, debiera haberlo recordado. Un alma como la suya, o como la de Asenath, es medio independiente y perdura, tras la muerte, tanto como dura el cuerpo. Se está apoderando de mí, haciendo el cambio de cuerpos conmigo, *usurpando el mío y poniéndome en ese cadáver enterrado en el sótano.*

Yo sabía lo que iba a pasar, por eso tuve un colapso y tuvieron que encerrarme en el manicomio. Entonces sucedió, me encontré atrapado en la oscuridad, en la podrida carcasa de Asenath, en el sótano, bajo las cajas, allí donde la dejé. Y supe que ella debía de estar en mi cuerpo, en el manicomio, de manera permanente, ya que había pasado la fiesta de Todos los Santos y el sacrificio habría tenido lugar aun sin su presencia... cuerdo y dispuesto a salir, convertido en una amenaza para el mundo. Yo estaba desesperado y, *aun así, logré abrirme paso al exterior.*

Estoy demasiado consumido para hablar, no puedo usar el teléfono, pero aún puedo escribir. Lo fijaré a algo y te daré estas últimas palabras de aviso. *Mata a ese diablo,* si es que aprecias la paz y la seguridad del mundo. *Hay que incinerarlo.* Si no lo haces, seguirá viviendo, de un cuerpo a otro, para siempre, y no puedo decir qué hará. Aniquila la magia negra, Dan, es un asunto diabólico. Adiós, has sido un gran amigo. Cuéntaselo a la policía, no importa lo que crean... Siento mucho haberte mezclado en todo esto. Descansaré en paz dentro de poco, esta cosa no puede albergarme ya mucho más. Espero que leas esto. *Y mata a ese ser... Mátalo.*

Tuyo, Ed.

Pero sólo más tarde llegué a leer la segunda mitad de ese texto, ya que me desmayé al final del tercer párrafo. Me desvanecí de nuevo cuando vi y olí lo que había en el umbral, allá donde el aire cálido lo había alcanzado. El mensajero no se movería ni tendría conciencia ya nunca más.

El mayordomo, más resistente que yo, no se desmayó ante lo que encontró en el vestíbulo por la mañana. En vez de eso, llamó a la policía. Cuando llegaron ya me habían llevado arriba, a la cama, pero la..., la otra masa... yacía allí donde se había derrumbado por la noche. Los agentes tuvieron que taparse la nariz con pañuelos.

Lo que al fin encontraron dentro de las ropas de Edward, extrañamente abigarradas, era, en su mayor parte, un horror licuado. Había también huesos y un cráneo aplastado. La identificación dental dejó claro, sin lugar a dudas, que esa calavera era la de Asenath.

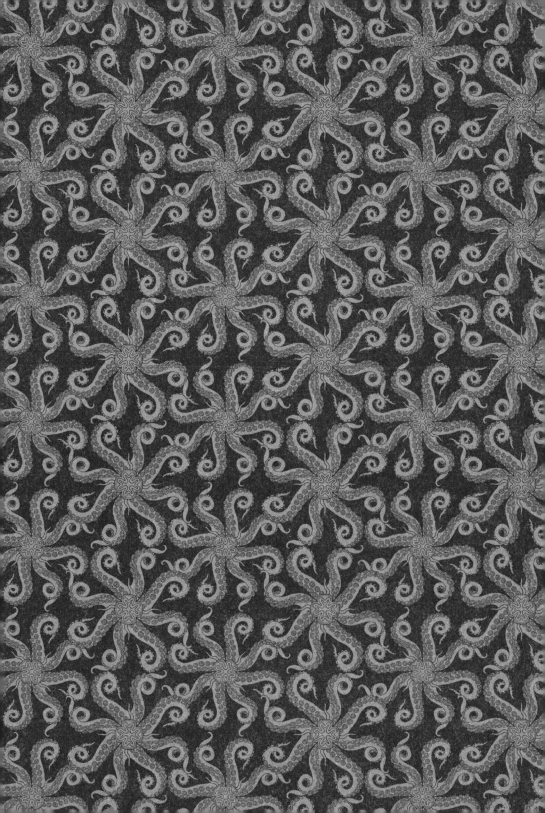